Ⅰ.欽… Ⅱ.①蕭…②門… Ⅲ.插圖-中國-明清時代 Ⅳ.J228.5

中國版本圖書館CIP數據核字（2002）第082246號

欽定補繪蕭雲從離騷全圖（清）蕭雲從　原繪　門應兆　補繪

出版　上海古籍出版社
　　　上海世紀出版股份有限公司
（上海瑞金二路二七二號　郵政編碼二〇〇〇二〇）
（一）網址 www.guji.com.cn
（二）E-mail gujil@guji.com.cn
發行　新華書店上海發行所
印刷　杭州蕭山古籍印務有限公司
開本　七〇〇毫米乘一三八〇毫米　六分之一
印張　七十一又三分之二
印數　二〇〇一—三〇〇〇
版次　二〇〇二年十二月第一版
　　　二〇一一年六月第二次印刷
書號　ISBN 978-7-5325-3278-0/K·429
定價　肆佰玖拾捌元

[清] 蕭雲從　繪　門應兆　補繪

欽定補繪蕭雲從離騷全圖

上海古籍出版社

出版説明

《楚辭》爲中國有名可稽的文人詩之最早總集，在中國詩史上有着重要的地位。屈原以他奔放的情感、豐富的想象力展現給我們一個瓌瑋奇麗的古代神話與傳説的世界，其風格富於南國色彩及浪漫精神。

《楚辭》中神奇美麗的故事，曾吸引了許多畫家用繪畫將它們表現出來。宋代的李公麟、明末清初的陳洪綬分别繪寫了《九歌圖》；元代的趙孟頫、明代的文徵明也都繪寫過《湘君》、《湘夫人》。而《楚辭》圖之有單刻本則自清蕭雲從《離騷圖》始。

蕭雲從，字尺木，號無悶道人，江南蕪湖人。明崇禎十二年（一六三九年）副貢。不仕。善畫山水，有《太平山水圖》

傳世。蕭雲從第一次嘗試把《九歌》、《天問》中的故事繪寫出來，稱之爲《離騷圖》。雖名《離騷圖》，實《卜居漁父圖》一幅、《九歌》九幅，《天問》五十四幅，共六十四幅圖。《離騷圖》則可以說是他的人物畫代表之作。鄭振鐸稱蕭雲從「明顯的寄遺黎的悲憤於這些畫幅之中，那心情是和屈原血脉相通的。故幅幅

畫面，均高曠有奇致。在藝術創作上，其成就是很崇高的」。清乾隆帝編《四庫全書》時，見蕭繪《離騷圖》，覺其不足，便命補繪其餘各篇插圖。由當時的工部員外郎、《四庫全書》繪圖分校官門應兆補繪完成。門應兆整整用了二年時間，補繪了《離騷圖》三十二幅，《九章》九幅，《遠游》五幅，《招魂》十三幅，《大招》七

幅，《九辯》九幅，《香草》十六幅，共九十一幅圖，合之蕭氏原本六十四幅圖，共一百五十五圖，分爲三卷，仍踵蕭雲從的原稱《離騷圖》，名爲《欽定補繪蕭雲從離騷全圖》，收入《四庫全書》。這個全圖本實是第一部完整的插圖本《楚辭》。商務印書館一九三五年曾出版過影印本。武進陶氏涉園亦曾將全書石印行世，一九六三年出版的鄭振鐸輯《楚辭圖》中也有收入，但因當時的印刷條件限制，均有印製不清及失真之處。本書現據《四庫全書》原本影印，圖像清晰，再現原作神韻，讀者盡可領略書中人物的風采。

上海古籍出版社

二〇〇二年八月

詳校官監察御史臣曹錫寶

檢討臣何思鈞覆勘

乾隆四十六年十二月十五日奉

旨四庫全書館進呈書内有蕭雲從畫離騷圖一冊蓋踵李公麟九歌圖意而分章摘句續為全圖博考前經義存規鑑頗合古人左圖右書之意但今書中所存各圖已缺畧不全又如蓀荃蘭蕙以喻君子寄意遥深雲從本未為圖自應一併繪入以彰稱物芳著於古今圖書集成内採取補入南書房翰林等逐一考訂將應補者酌定稾本令門應兆倣照李公麟九歌圖筆意補行繪畫以臻完善書仍舊貫新補者各注明録旨簡端即以當序欽此

御製題補繪蕭雲從離騷全圖八韻

畫史老田野披憐長卷情四庫全書館進呈蕭雲從所著離騷圖始知其善畫侍郎曹文埴因進所藏雲從山水長卷末自識云河陽李晞古作大障為高宗所眷愛余草野中人無緣獻納雖衰老極力勉為此卷藏之以俟知我云云詞頗誠懇因為題句不緣四庫輯那識此人名六法道由寓三閭蹟以呈因之為手繪足見用心精歲久惜佚闕西清命補成共圖得百五雲從踵李公麟九歌為離騷圖頗合古人左圖右書之意但今書只存卜居漁父合繪一圖九歌九圖天問五十四圖其餘或原本未畫或舊有今闕因命南書房翰林等逐一考訂令門應兆補繪九十一圖合之原書六十四圖共一百五十五圖俾臻完善若史表幽貞姓屈性無屈名平鳴不平遷云可以汲

披閱凛王明

遵

旨補繪蕭雲從離騷全圖凡例

一蕭雲從原書目録載有離騷全圖今已逸去應為補繪按離騷一篇屈原一生梗概備載其間非片楮所能殫其義因繹三閭之詞復考諸家之注分文析句釐為三十二圖蓋準原書天問圖分繪之例

一原書目録九章無圖蓋雲從初輯是編未經繪畫者也按九章為屈原既放江南以後之作時序不同景物亦異所宜分圖布景指事傳神於每章各繪一圖與原書九歌同例

一原書凡例所載遠遊五圖闕今詳加參考仍釐為五圖以合原書之數至卜居漁父二篇原書既有合圖茲不復繪免致繁複

一九辯招魂大招三篇原目凡例中既以宋玉景差為屈原授經之士並引王注疑為屈子所作附

存於後則亦宜據雲從纂輯體例一律補圖今九辯按章為九圖招魂分段為十三圖大招分段為七圖

一楚辭各篇皆借香草以喻君子誠宜殿以芬芳寫其高潔雲從原書凡例亦稱香草一圖有志未逮今按名別類分為十六圖以附於後至於椒樧為木本芰荷為水花已散見於各篇所補圖內他如茅蕢菉葹之類凡所指為惡草者概不闌入

一原書祇有三閭大夫鄭詹尹漁父合繪之一圖九歌九圖天問五十四圖今自離騷篇起至香草止為補繪九十一圖共成一百五十五圖庶幾圖既補亡篇無剩義云爾

蕭雲從離騷圖原序

宋郭思畫論始例規鑒謂其與六籍同功四時並運也夫有圖而後有書書義有六而象形指事猶然圖也六經首易展卷未讀其詞先玩其象矣楚三閭大夫作離騷九歌天問九章遠遊卜居漁父而其徒宋景以及淮南長沙朔忌向褒輩皆擬之遂尊為經豈不以騷者經之變也詩無楚而楚有騷文王化行南國漢廣江汜皆楚屬已列十五國之先騷為經而經有圖不啻溯源於

河洛矣竊見信州石本六經圖如律呂衡璿禮器小戎豳風每多譌謬僭意糾訂之矣近睹九歌圖不大稱意怪為改竄而天問亦隨筆就藁大約徵形爍理使後人翻覆玩繹悽慘以想古人處亂託憂之難而瓌琦卓譎足以驚心動魄知陰陽鬼神之不可測俾明治亂之數芳穢之辨有自來爾如窮文絶艷以視楚騷者則不知騷之為經故也然吾尊騷於經則不得不尊騷而為圖矣況離騷本國風而嚴斷於書九歌九章本雅頌而莊

敬於禮奇法於易屬辭比事於春秋司馬史稱其志潔行芳與日月爭光而漢宣帝以為合於經術豈余之臆説耶盖聖人立象以盡意而書不盡言言不盡意一畫之中槩括遐渺乃世亦尊六經於文詞而不研其義不研其義則制器尚象上繡下會以目治之者鮮矣馬鄭陽通考載六經譜數百條亦謂騷有香草漁父諸本乃知覃精於經者必稽詳於圖而後已紫陽夫子深惜樂記説理而度數失傳易脱卦象離騷無能手畫者索圖

於騷與索圖於經並論又可知矣余不敏捋毫補綴一宗紫陽之注用備後來之勸懲而終歎古人之不見我也乙酉中秋七日題於萬石山之應遠堂

欽定四庫全書　集部一

欽定補繪蕭雲從離騷全圖　楚辭類

臣等謹案

欽定補繪離騷全圖三卷

國朝蕭雲從原圖乾隆四十七年奉
勑補繪雲從字尺木當塗貢生考天問序稱屈原放逐彷徨山澤見楚有先王之廟及公卿祠堂圖畫天地山川神靈琦瑋譎佹及古聖賢怪物行事因書其壁呵而問之是楚辭之興本由圖畫而作後世讀其書者見所徵引自天文地理蟲魚草木與凡可喜可愕之物無不畢備咸足以擴耳目而窮幽渺往往就其興趣所至繪之為圖如宋之李公麟等皆以此擅長特所畫不過一篇一章未能賅極情狀雲從始因其章句廣為此圖當時咸推其工妙為之鐫刻流傳然原本所有祇以三閭大夫鄭詹尹漁父合繪一圖冠於卷端及九歌為九圖天問為五十四圖而目録凡例所稱離騷經遠遊諸圖並已闕佚香草一圖則

自稱有志未逮核之楚辭篇什挂漏良多
皇上幾餘披覽以其用意雖勤而脫畧不免
特命内廷諸臣參考釐訂各為補繪於離騷經則
分文析句次為三十二圖又九章為九圖遠
遊為五圖九辨為九圖招魂為十三圖大招
為七圖香草為十六圖於是體物摹神粲然
大備不獨原始要終篇無剩義而靈均旨趣
亦藉以考見其比興之原仰見
大聖人游藝觀文意存深遠而雲從以繪事之微
荷蒙
宸鑒得為大輅之椎輪實永被榮施於不朽矣乾
隆四十九年十一月恭校上

總纂官臣紀昀臣陸錫熊臣孫士毅

總校官臣陸費墀

欽定四庫全書

欽定補繪蕭雲從離騷全圖卷上

離騷經

離騷經者屈原之所作也屈原名平與楚同姓仕於懷王為三閭大夫三閭之職掌王族三姓曰昭屈景屈原序其譜屬率其賢良以厲國士入則與王圖議政事決定嫌疑出則監察羣下應對諸侯謀行職修王甚珍之同列大夫上官靳尚妬害其能共譖毀之

王乃疏屈原屈原執履忠貞而被讒衺憂心煩亂不知所愬乃作離騷經離別也騷愁也經徑也言以放逐離別中心愁思猶陳直徑以諷諫君也故上述唐虞三后之制下序桀紂羿澆之敗冀君覺悟反於正道而還已也是時秦昭王使張儀譎詐懷王令絕齊交又使誘楚請與俱會武關遂脅與俱歸拘留不遣卒客死於秦其子襄王復用讒言遷屈原於江南而屈原放在山野復作九章援天引聖以自證明終不

見省不忍以清白久居濁世遂赴汨淵自沈而死離騷之文依詩取興引類譬喻故善鳥香草以配忠貞惡禽臭物以比讒佞靈修美人以媲於君宓妃佚女以譬賢臣虬龍鸞鳳以託君子飄風雲霓以為小人其詞温而雅其義皎而朗凡百君子莫不慕其清高嘉其文采哀其不遇而閔其志焉

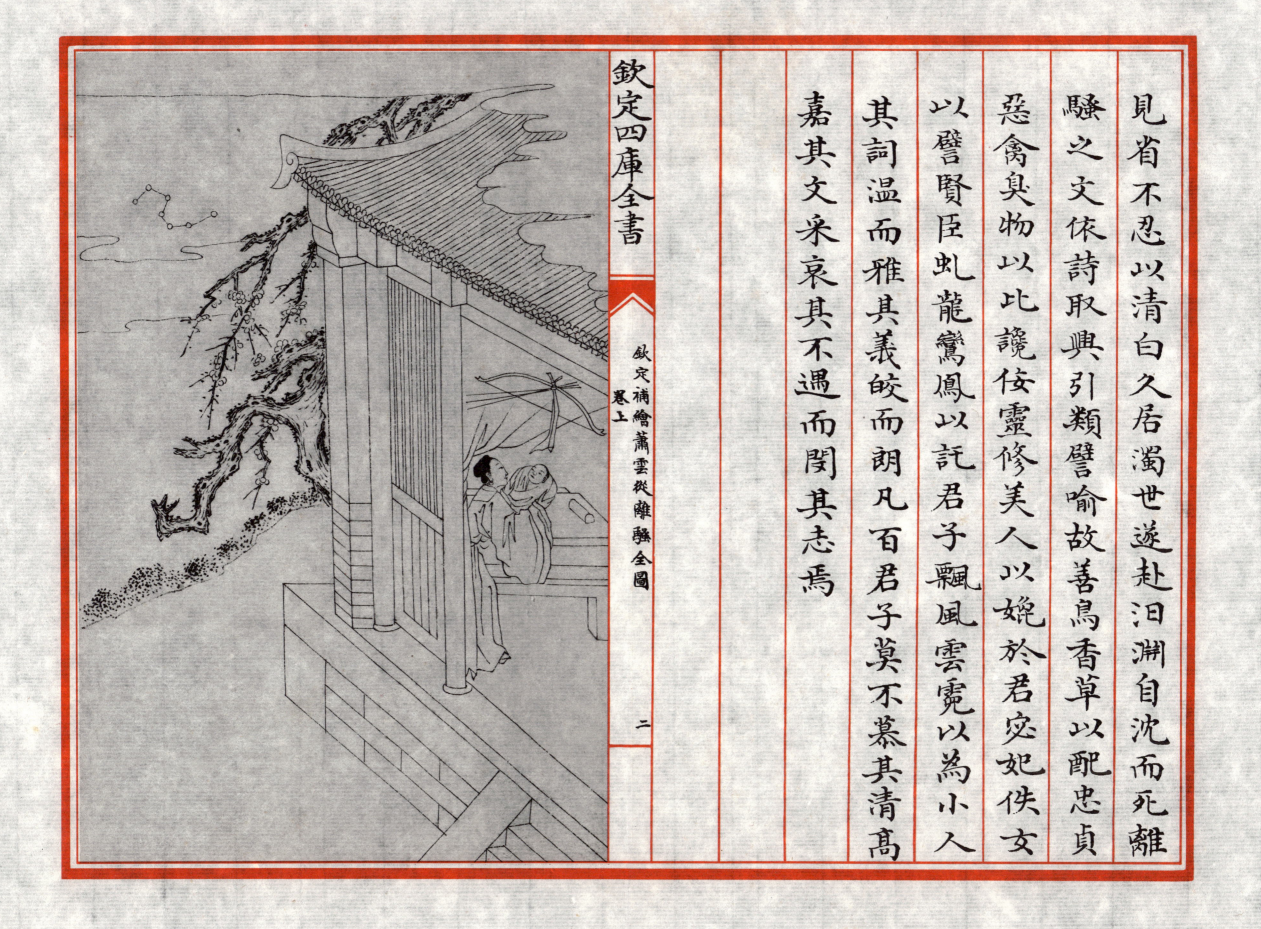

帝高陽之苗裔兮朕皇考曰伯庸攝提貞于孟陬兮惟
庚寅吾以降

皇覽揆余初度兮肇錫余以嘉名名余曰正則兮字余
曰靈均

紛吾既有此內美兮又重之以脩能扈江離與辟芷兮
紉秋蘭以為佩汩予若將不及兮恐年歲之不吾與朝
搴阰之木蘭兮夕擥洲之宿莽日月忽其不淹兮春與
秋其代序惟草木之零落兮恐美人之遲暮不撫壯而
棄穢兮何不改乎此度也

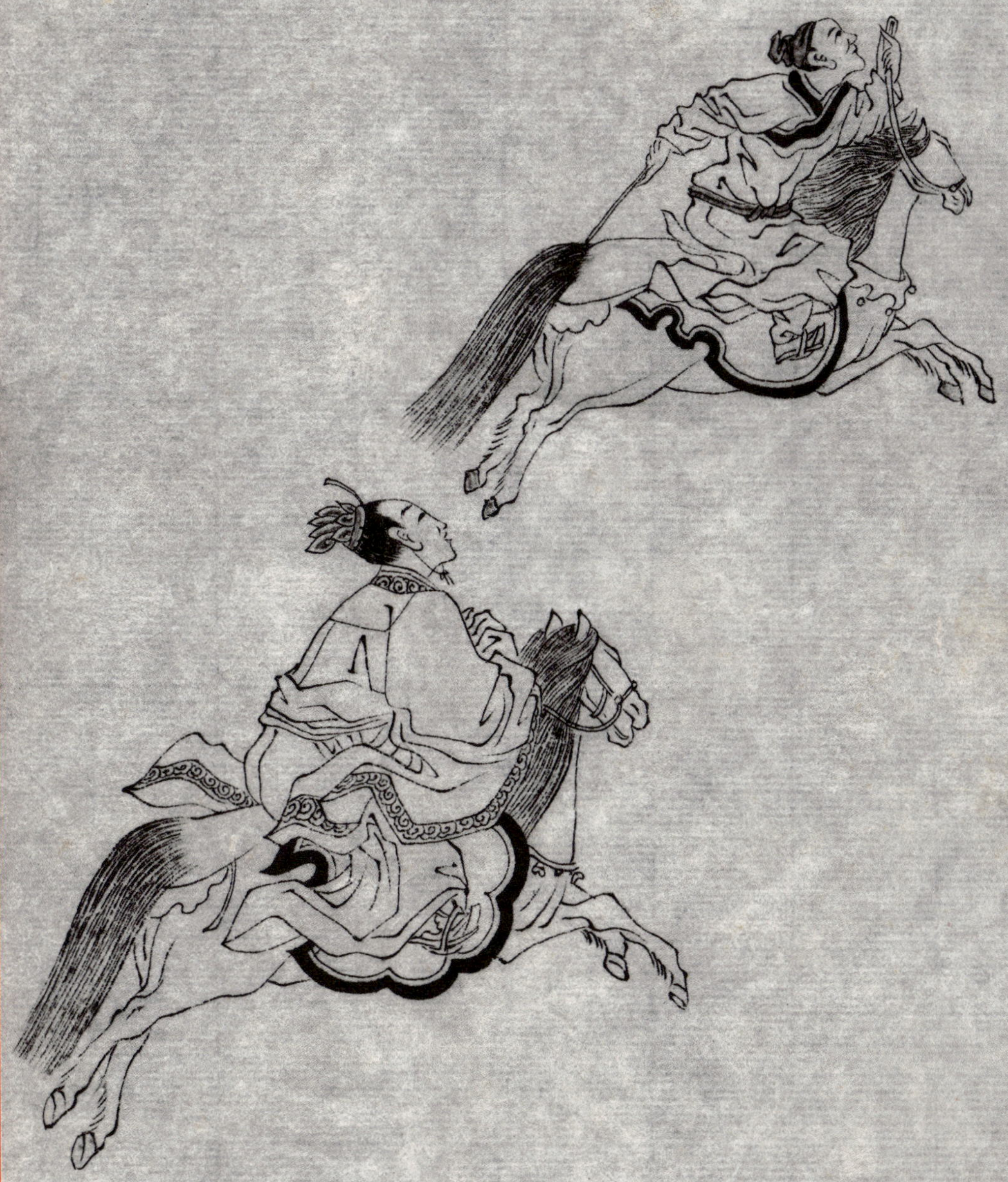

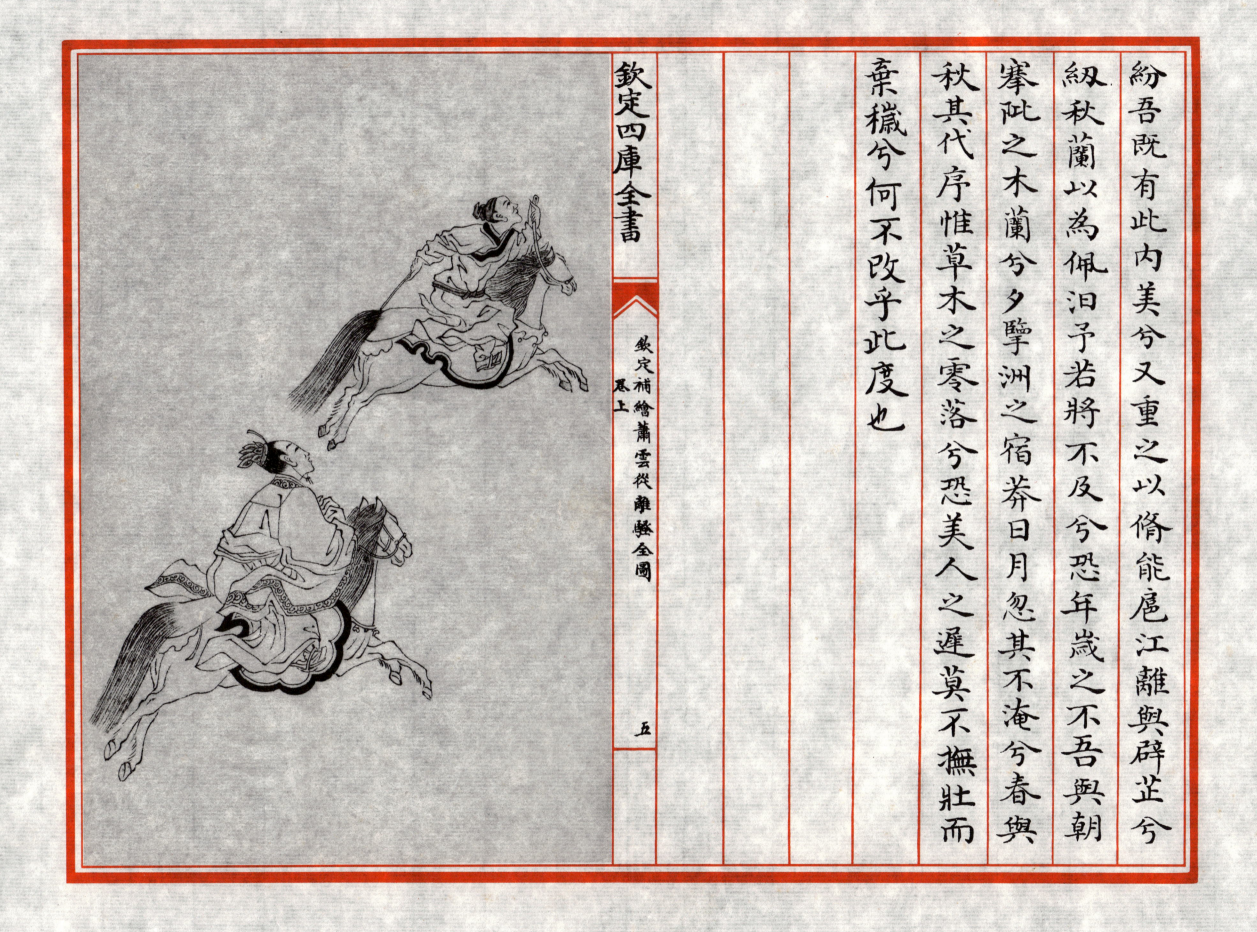

乘騏驥以馳騁兮來吾導夫先路也

昔三后之純粹兮固衆芳之所在雜申椒與菌桂兮豈惟紉夫蕙茝彼堯舜之耿介兮既遵道而得路何桀紂之昌披兮夫惟捷徑以窘步惟黨人之偷樂兮路幽昧以險隘豈予身之憚殃兮恐皇輿之敗績忽奔走以先後兮及前王之踵武荃不察余之中情兮反信讒而齌怒予固知謇謇之為患兮忍而不能舍也指九天以為正兮夫惟靈脩之故也初既與予成言兮後悔遁而有他余既不難夫離别兮傷靈脩之數化

余既滋蘭之九畹兮又樹蕙之百畮畦留夷與揭車兮
雜杜衡與芳芷冀枝葉之峻茂兮願竢時乎吾將刈雖
萎絶其亦何傷兮哀衆芳之蕪穢衆皆競進而貪婪兮
憑不厭乎求索羌内恕己以量人兮各興心而嫉妬忽
馳騖以追逐兮非余心之所急老冉冉其將至兮恐脩
名之不立

朝飲木蘭之墜露兮夕餐秋菊之落英苟余情其信姱以練要兮長顑頷亦何傷擥木根以結茝兮貫薜荔之落蕊矯菌桂以紉蘭兮索胡繩之纚纚謇吾法夫前脩兮非世俗之所服雖不周于今之人兮願依彭咸之遺則長太息以掩涕兮哀民生之多艱余雖好脩姱以鞿羈兮謇朝誶而夕替既替余以蕙纕兮又申之以擥茝亦余心之所善兮雖九死其猶未悔

怨靈脩之浩蕩兮終不察夫民心衆女嫉余之娥眉兮
謠諑謂余以善淫固時俗之工巧兮偭規矩而改錯背
繩墨以追曲兮競周容以為度忳鬱邑余侘傺兮吾獨
窮困乎此時也寧溘死而流亡兮余不忍為此態也

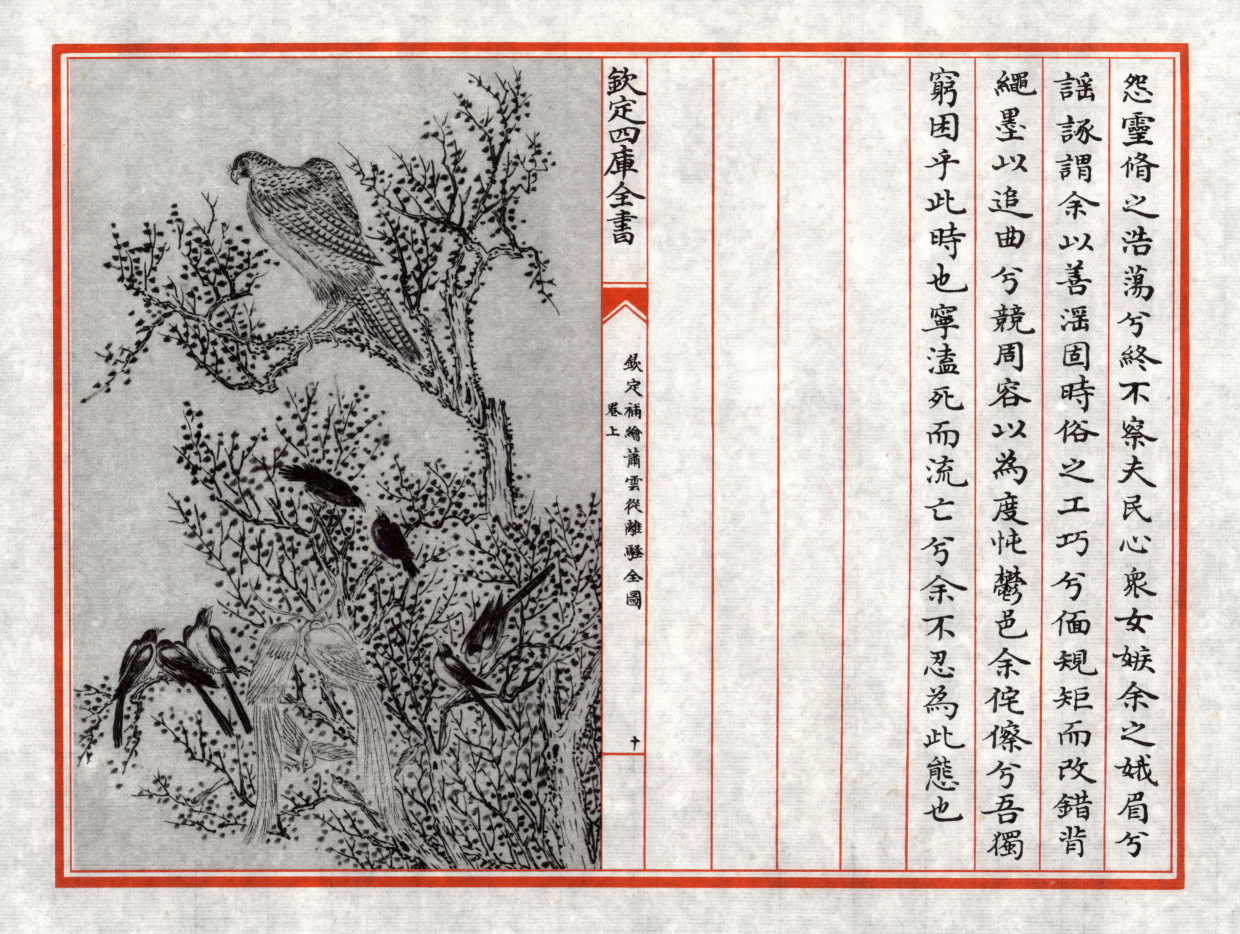

鷙鳥之不羣兮自前世而固然何方圜之能周兮夫孰
異道而相安

屈心而抑志兮忍尤而攘詬伏清白以死直兮固前聖
之所厚悔相道之不察兮延佇乎吾將反回朕車以復
路兮及行迷之未遠步余馬於蘭皋兮馳椒邱且焉止
息進不入以離尤兮退將脩吾初服

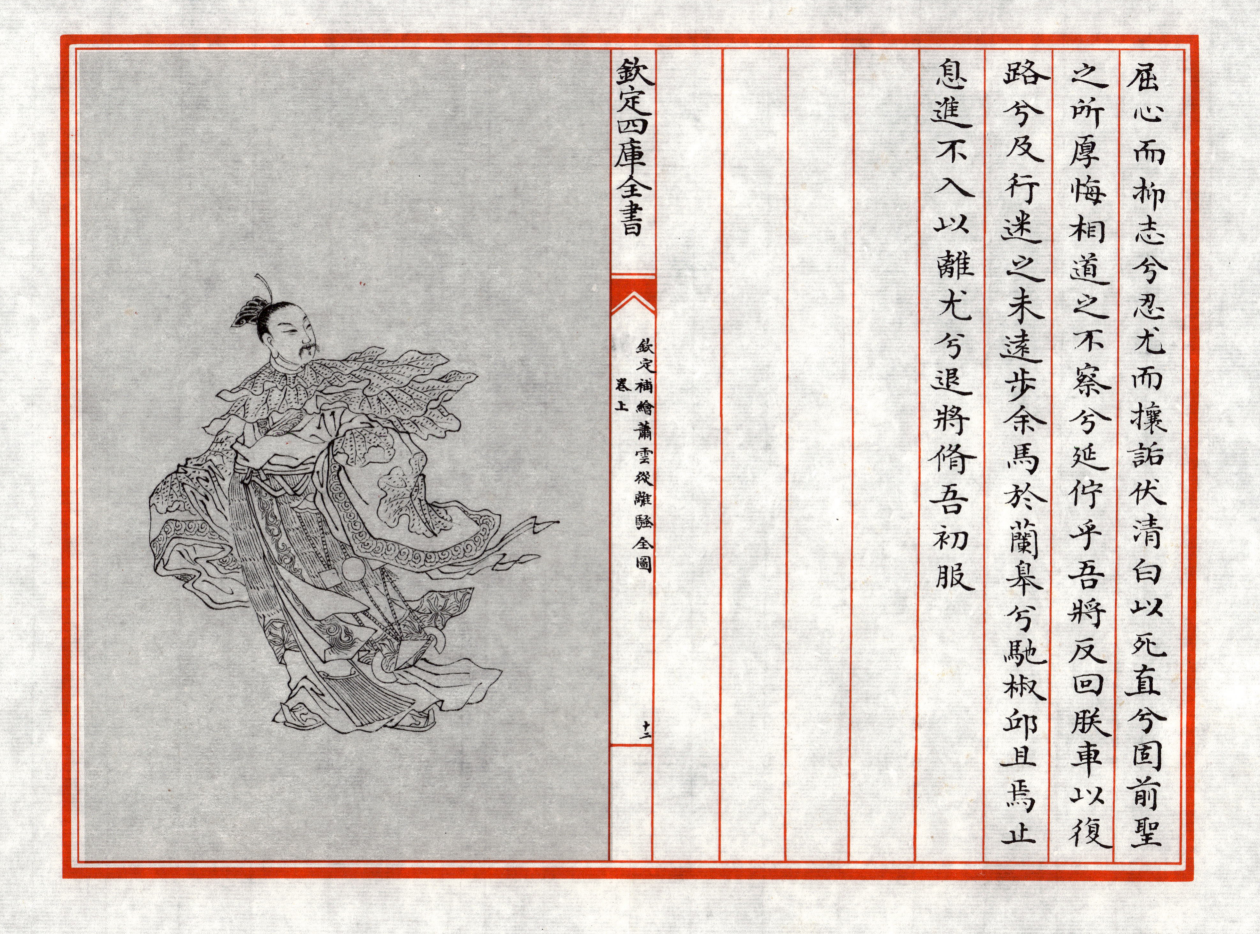

製芰荷以為衣兮集芙蓉以為裳不吾知其亦已兮苟
余情其信芳高余冠之岌岌兮長余佩之陸離芳與澤
其雜糅兮惟昭質其猶未虧忽反顧而遊目兮將往觀
乎四荒佩繽紛其繁飾兮芳菲菲其彌章民生各有所
樂兮余獨好脩以為常雖體解吾猶未變兮豈余心之
可懲

女嬃之嬋媛兮申申其詈余曰鮌婞直以亡身兮終然
夭乎羽之野女何博謇而好脩兮紛獨有此姱節薋菉
葹以盈室兮判獨離而不服衆不可戶說兮孰云察余
之中情世並舉而好朋兮夫何煢獨而不余聽

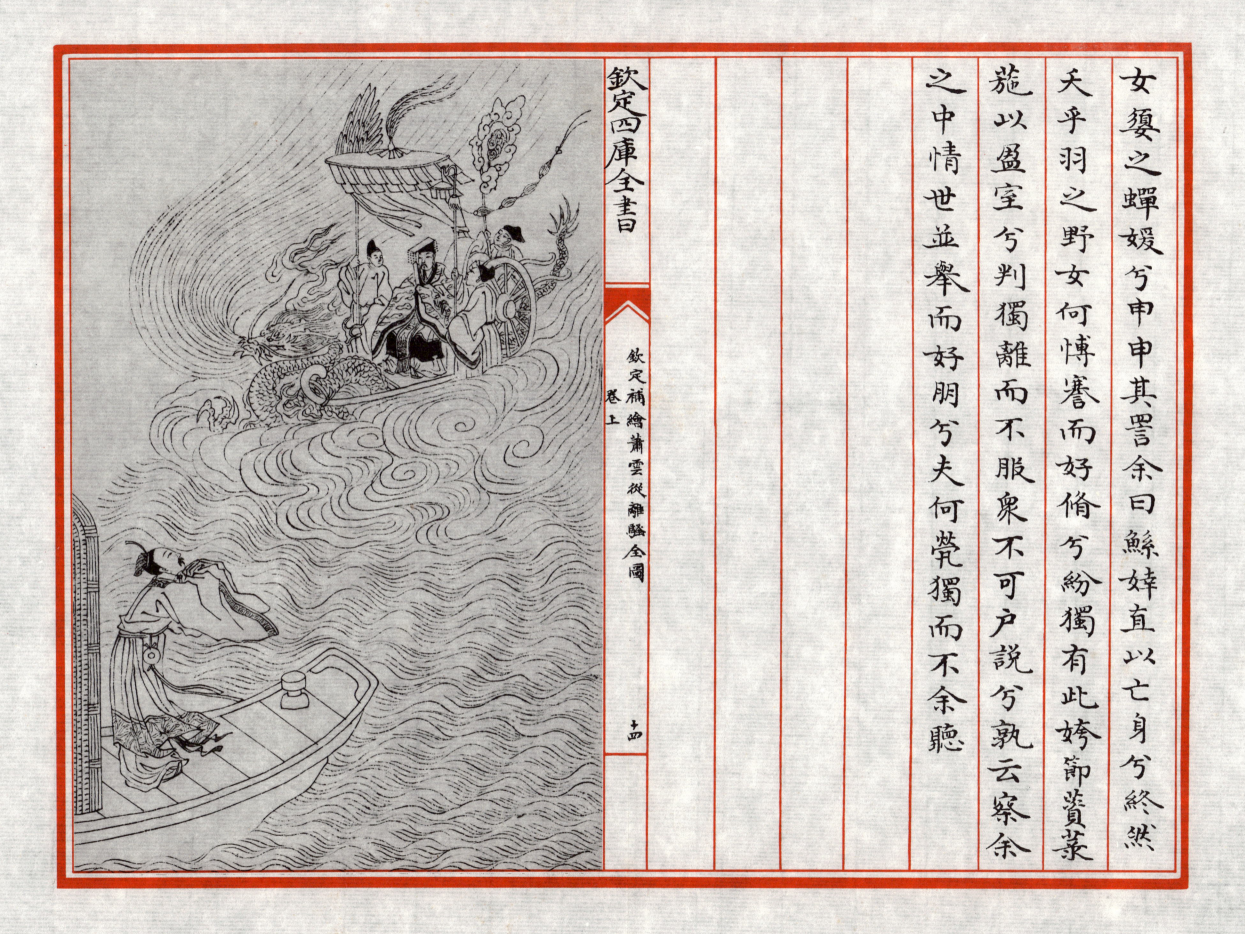

依前聖以節中兮喟憑心而歷茲濟沅湘以南征兮就
重華而陳辭

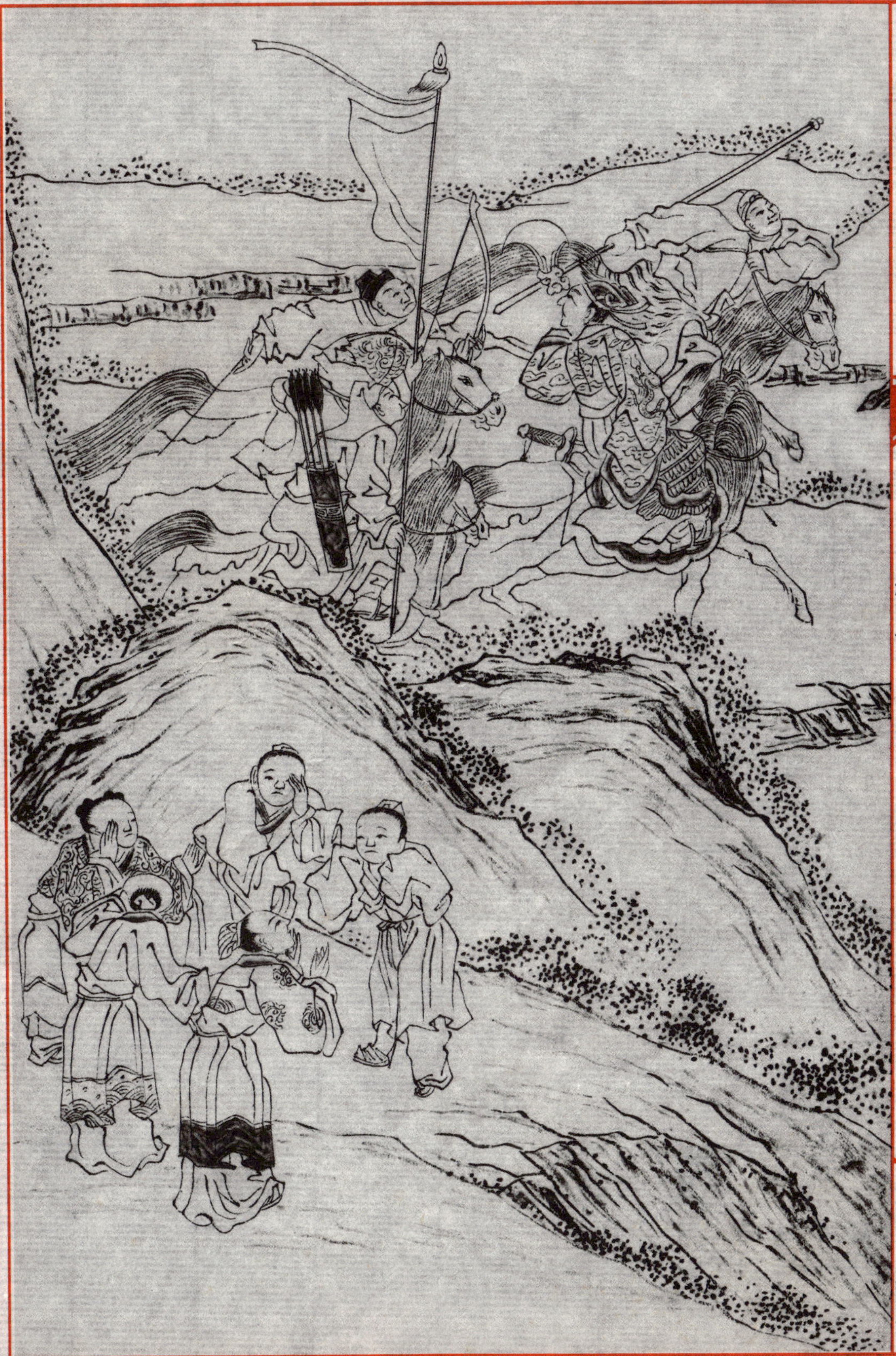

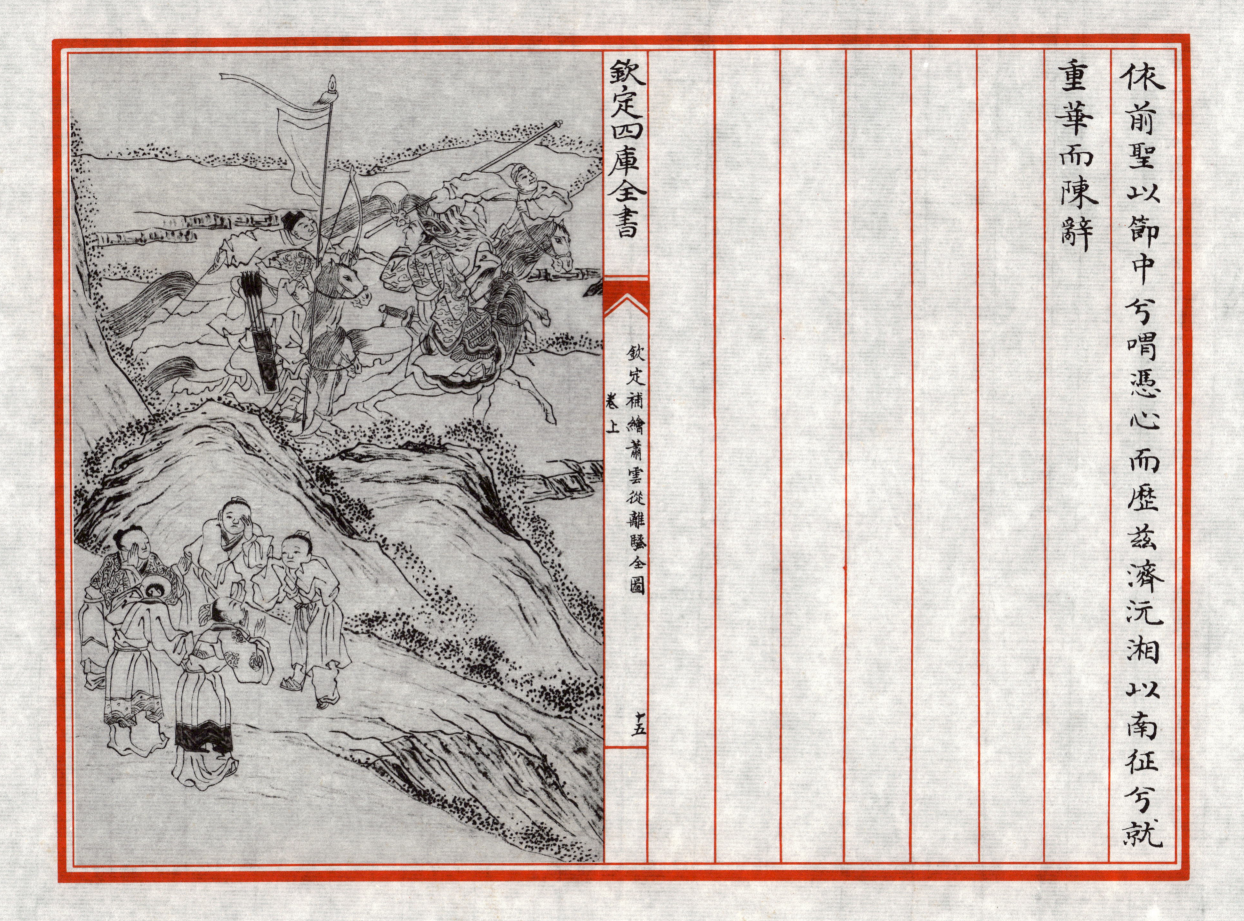

啓九辯與九歌兮夏康娛以自縱不顧難以圖後兮五子用失乎家巷

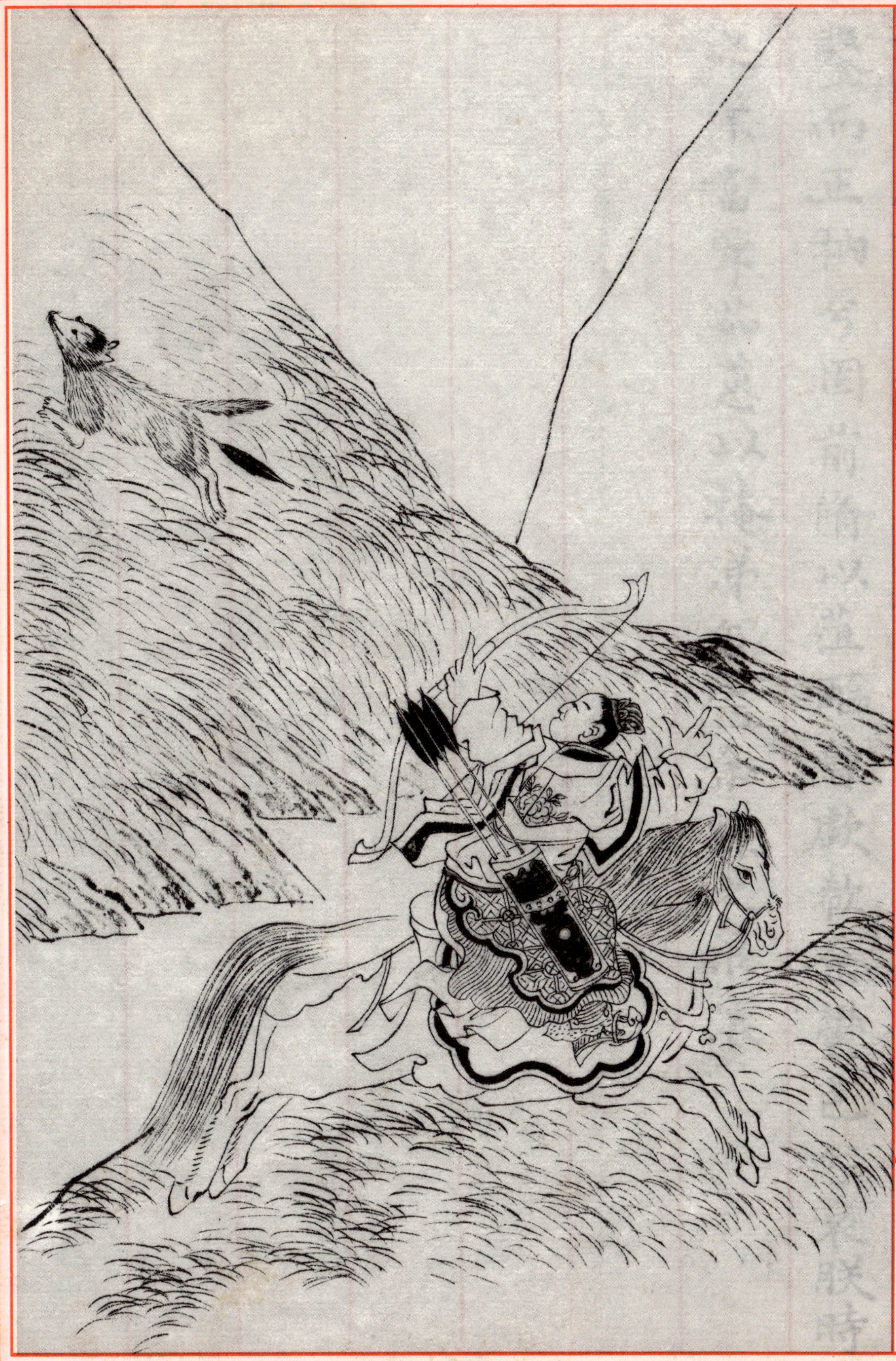

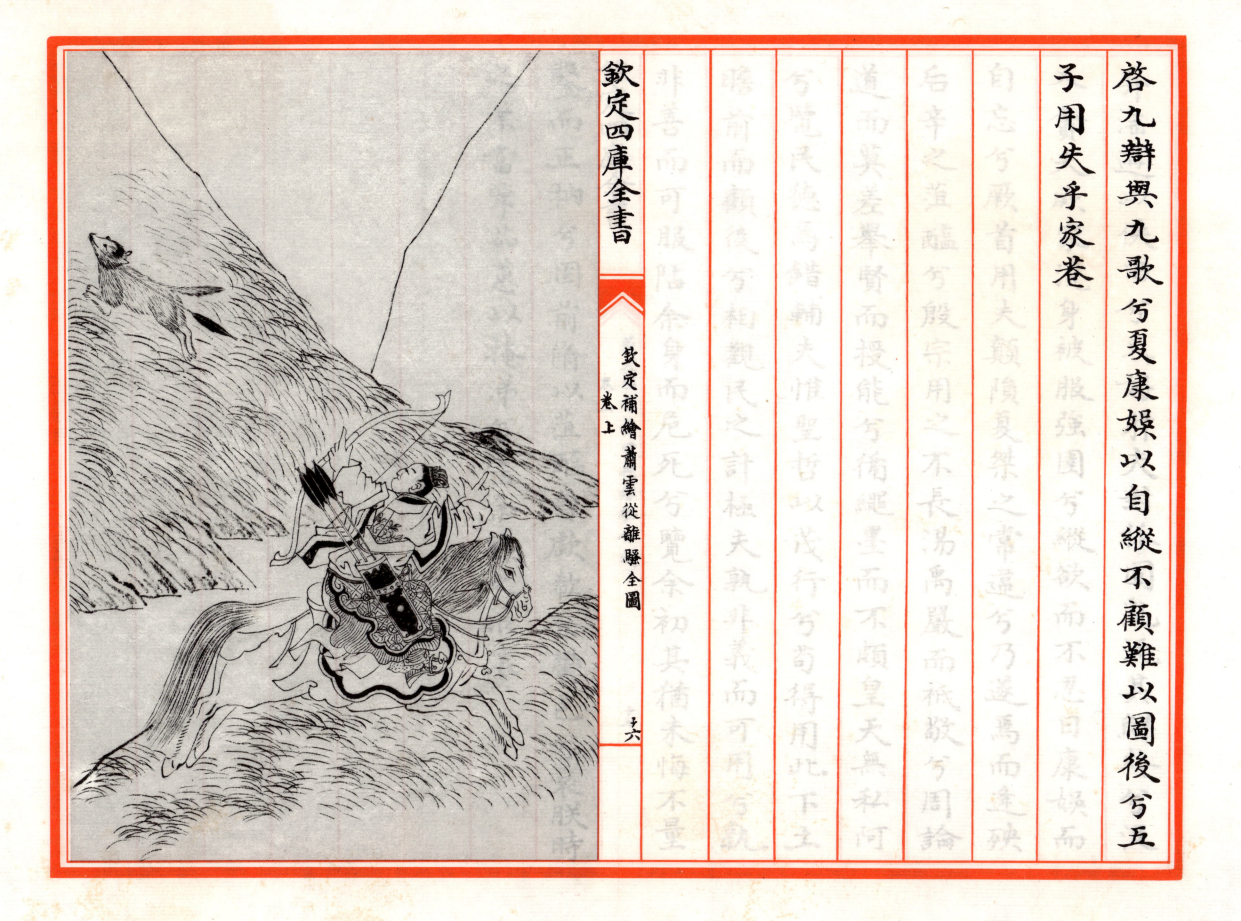

跪敷衽以陳辭兮耿吾既得此中正駟玉虬以乘鷖兮
溘埃風余上征朝發軔于蒼梧兮夕余至乎縣圃欲少
留此靈瑣兮日忽忽其將莫吾令羲和弭節兮望淹茲
而勿迫路曼曼其脩遠兮吾將上下而求索

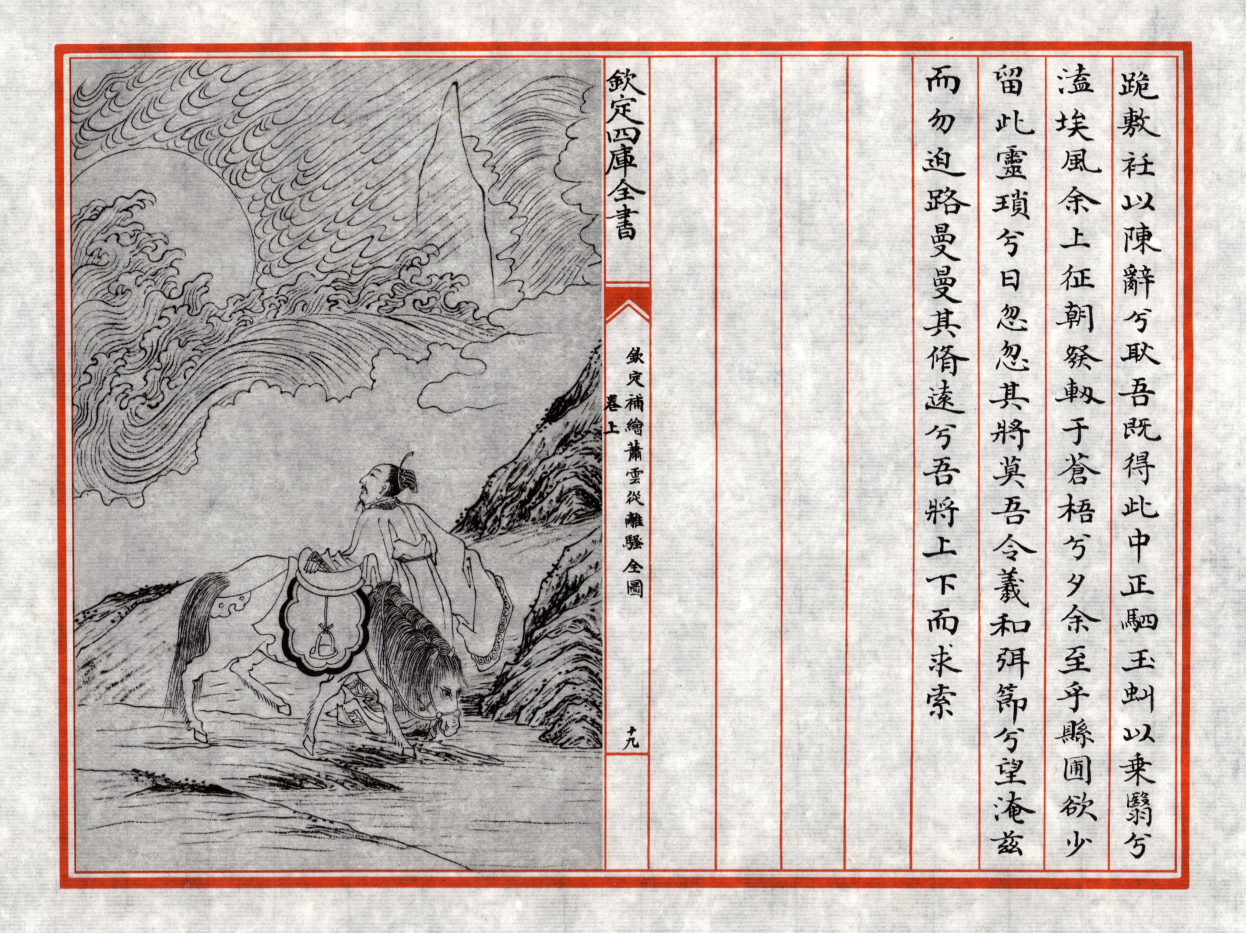

飲余馬于咸池兮總予轡乎扶桑折若木以拂日兮聊
須臾以相羊

前望舒使先驅兮後飛廉使奔屬鸞皇為余先戒兮雷師告余以未具吾令鳳鳥飛騰兮繼之以日夜飄風屯其相離兮率雲蜺而來御紛總總其離合兮斑陸離其上下

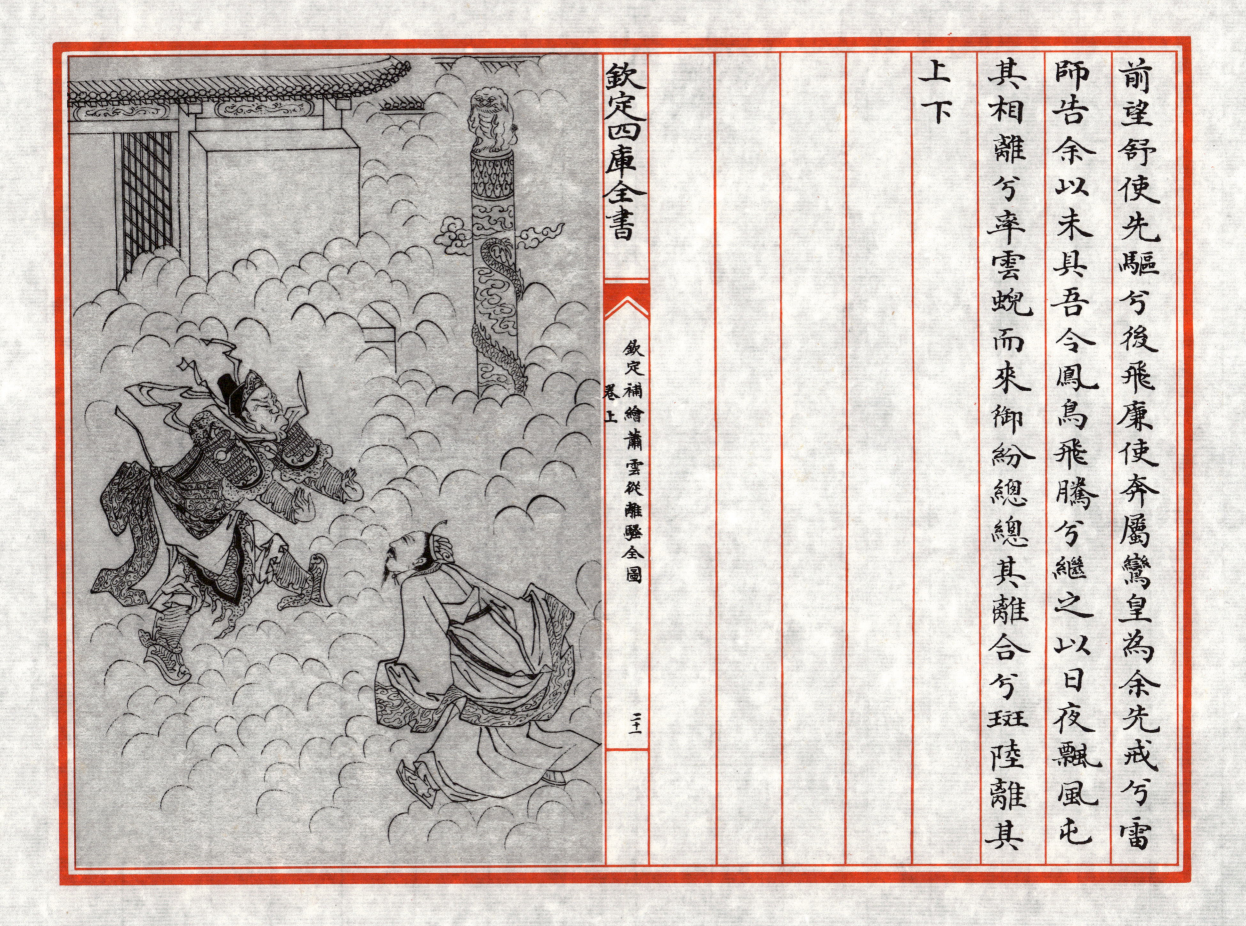

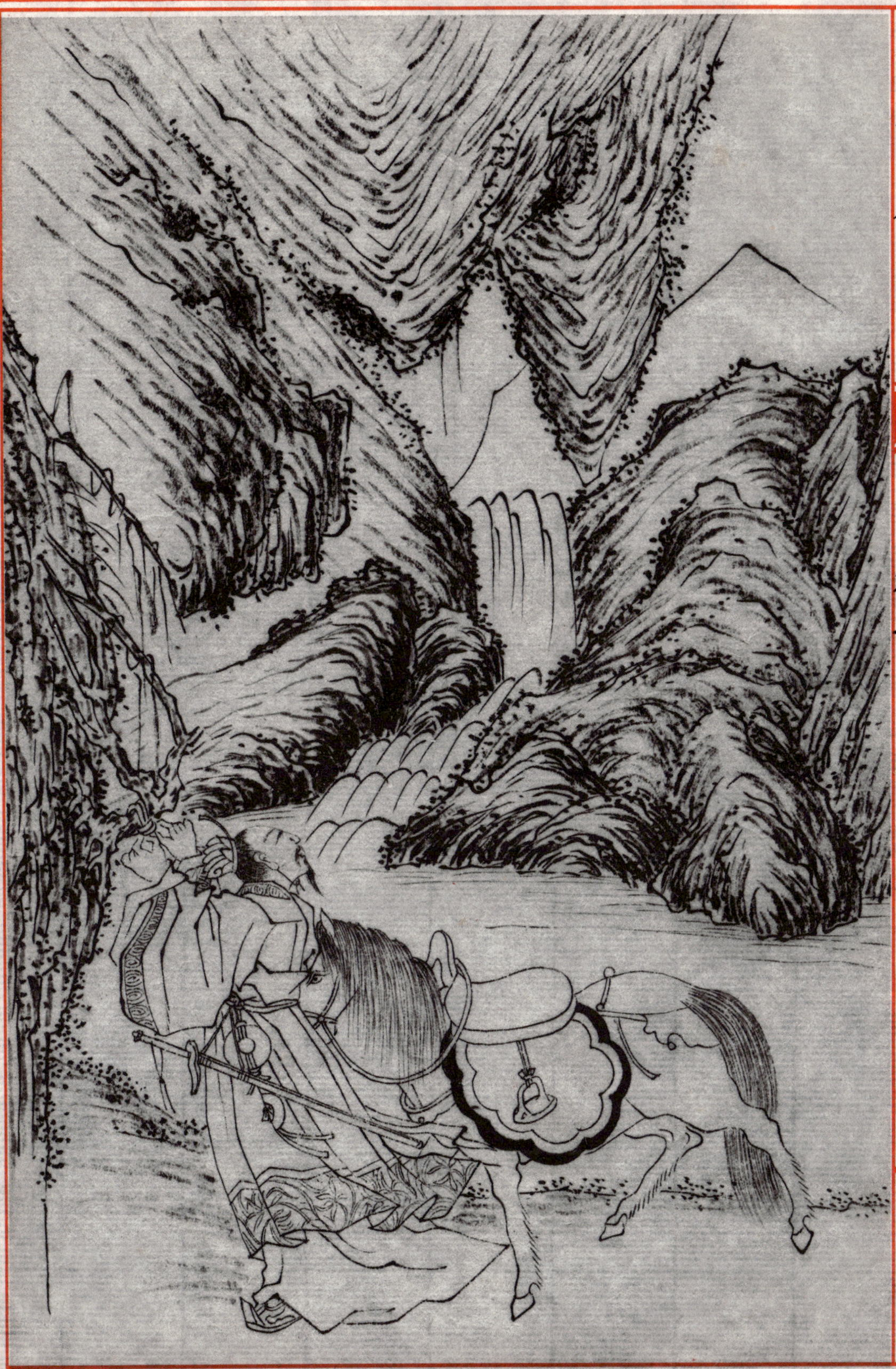

吾令帝閽開關兮倚閶闔而望余時曖曖其將罷兮結
幽蘭而延佇世溷濁而不分兮好蔽美而嫉妬

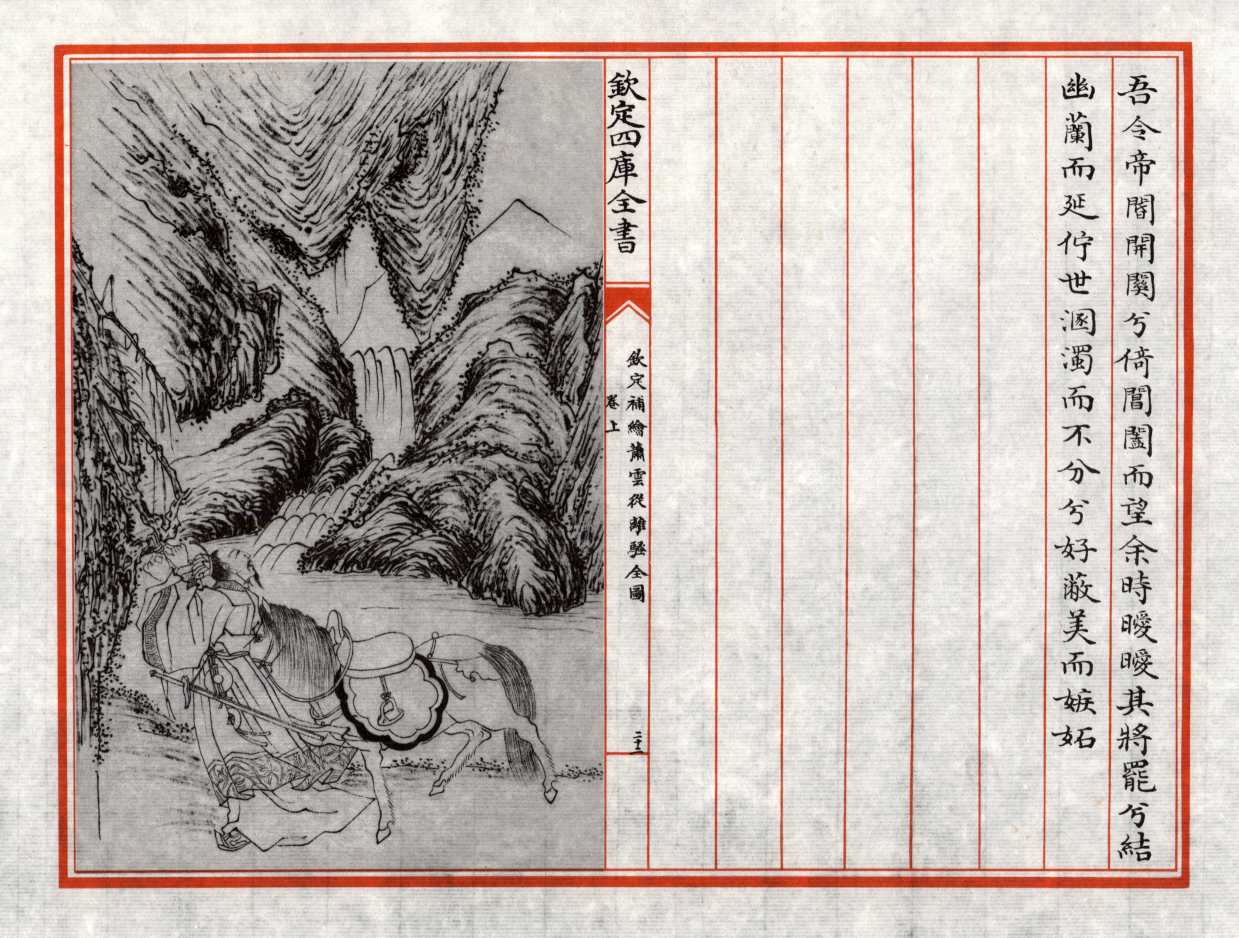

朝吾將濟于白水兮登閬風而緤馬忽反顧以流涕兮
哀高丘之無女

溘吾遊此春宮兮折瓊枝以繼佩及榮華之未落兮相
下女之可詒

吾令豐隆乘雲兮求宓妃之所在解佩纕以結言兮吾令蹇脩以為理紛總總其離合兮忽緯繣其難遷夕歸次于窮石兮朝濯髮乎洧槃保厥美以驕敖兮日康娛以淫遊雖信美而無禮兮來違棄而改求

覽觀于四極兮周流乎天余乃下望瑤臺之偃蹇兮見有娀之佚女吾令鴆為媒兮鴆告余以不好雄鳩之鳴逝兮予猶惡其佻巧心猶豫而狐疑兮欲自適而不可鳳皇既受詒兮恐高辛之先我欲遠集而無所止兮聊浮遊以逍遥及少康之未家兮留有虞之二姚理弱而媒拙兮恐導言之不固世溷濁而嫉賢兮好蔽美而稱惡閨中既以邃遠兮哲王又不寤懷朕情而不發兮余焉能忍與此終古

索瓊茅以筳篿兮命靈氛為余占之曰兩美其必合兮孰信脩而慕之思九州之博大兮豈惟是其有女曰勉遠逝而無疑兮孰求美而釋女何所獨無芳草兮爾何懷乎故宇世幽昧以眩曜兮孰云察余之善惡民好惡其不同兮惟此黨人其獨異戶服艾以盈要兮謂幽蘭其不可佩覽察草木其猶未得兮豈珵美之能當蘇糞壤以充幃兮謂申椒其不芳

欲從靈氛之吉占兮心猶豫而狐疑巫咸將夕降兮懷椒糈而要之百神翳其備降兮九疑繽其並迎皇剡剡其揚靈兮告余以吉故

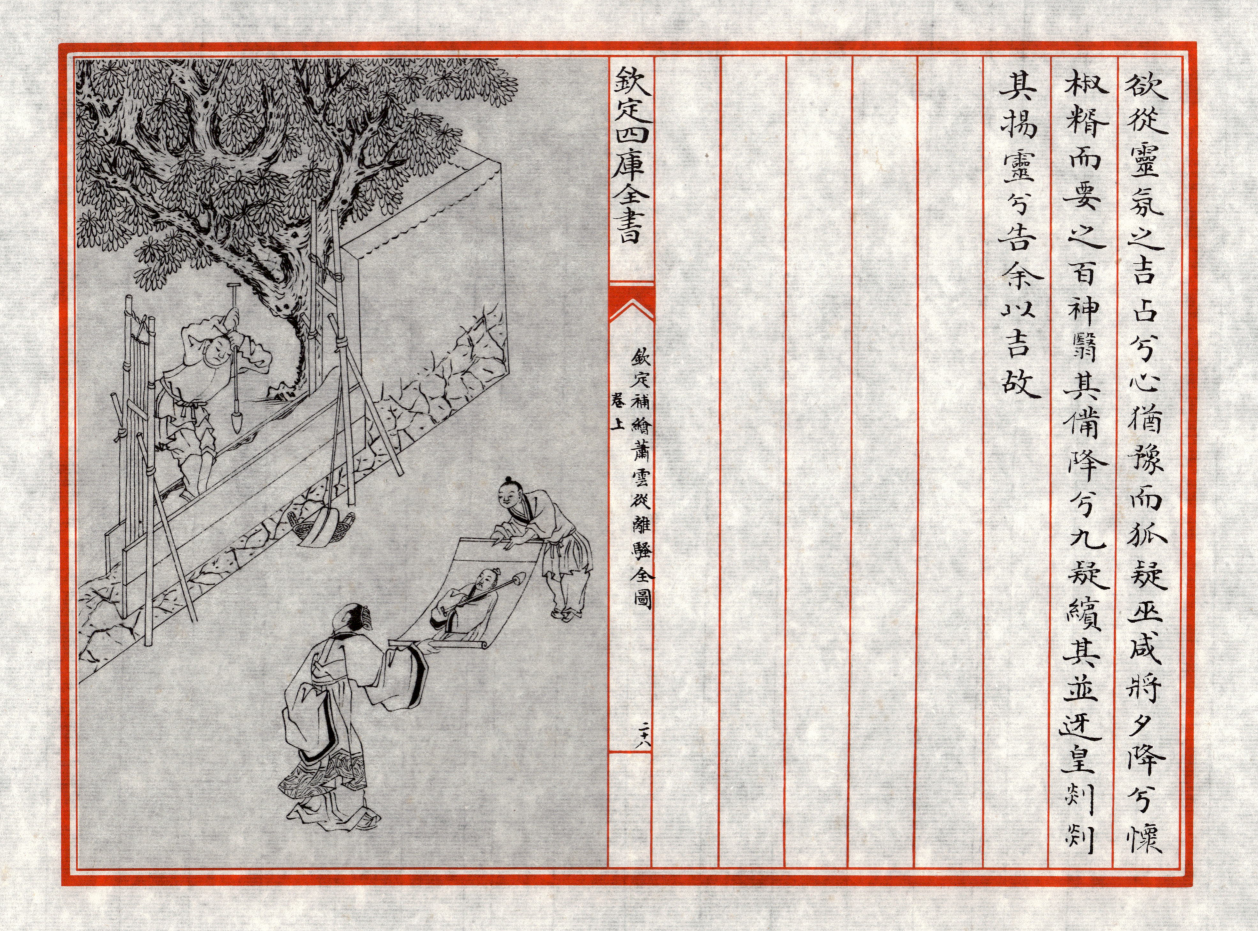

曰勉升降以上下兮求榘矱之所同湯禹嚴而求合兮摯咎繇而能調茍中情其好脩兮何必用夫行媒說操築于傅巖兮武丁用而不疑

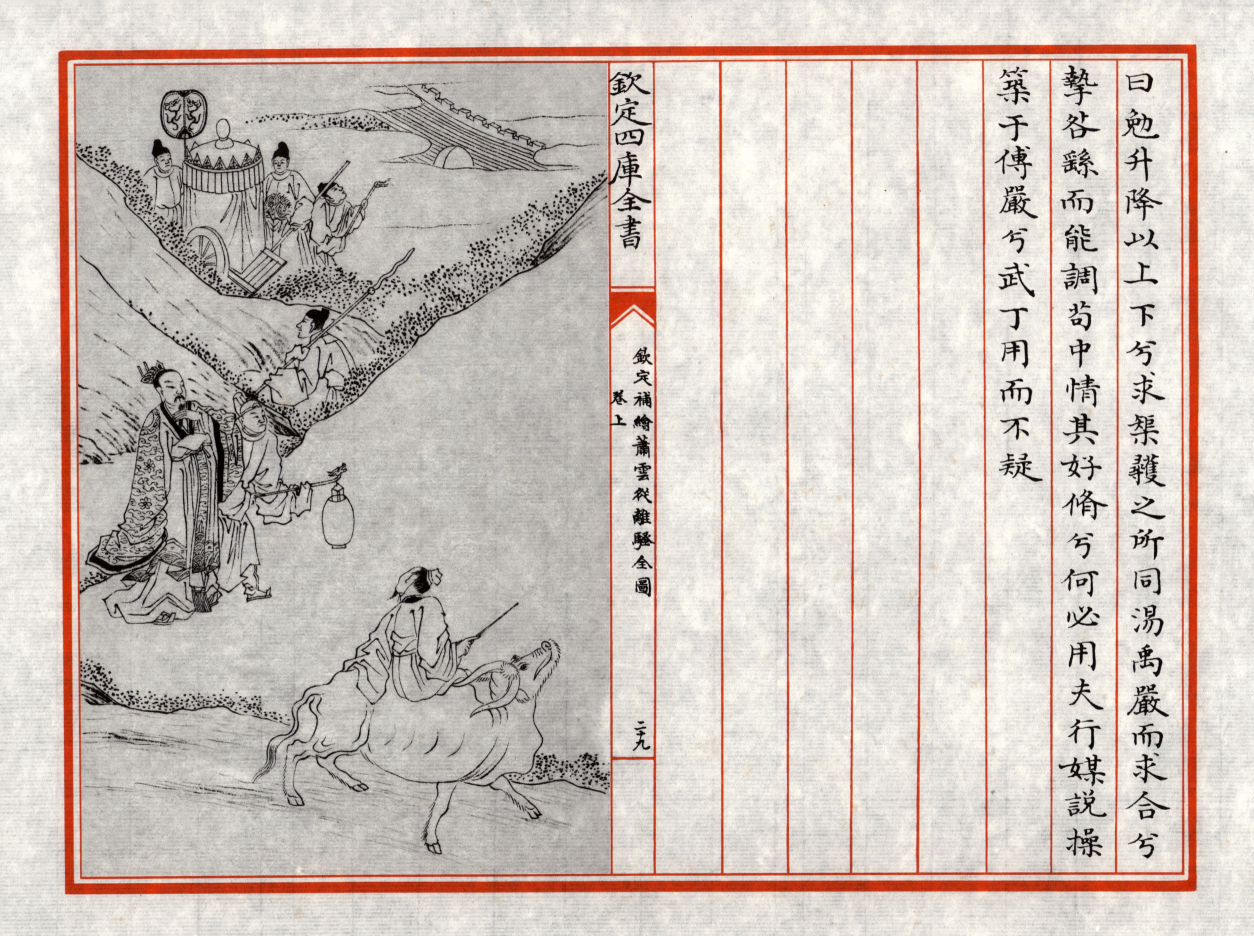

呂望之鼓刀兮遭周文而得舉甯戚之謳歌兮齊桓聞

以該輔

及年歲之未晏兮時亦猶其未央恐鶗鴂之先鳴兮使夫百草為之不芳何瓊佩之偃蹇兮衆薆然而蔽之惟此黨人之不諒兮恐嫉妬而折之時繽紛其變易兮又何可以淹留蘭芷變而不芳兮荃蕙化而為茅何昔日之芳草兮今直為此蕭艾也豈其有他故兮莫好脩之害也余以蘭為可恃兮羌無實而容長委厥美以從俗兮苟得列乎衆芳椒專佞以慢慆兮樧又欲充夫佩幃既干進而務入兮又何芳之能祗固時俗之流從兮又

孰能無變化覽椒蘭其若茲兮又況揭車與江離惟茲佩其可貴兮委厥美而歷茲芳菲菲而難虧兮芬至今猶未沫

和調度以自娛兮聊浮游而求女及余飾之方壯兮周流觀乎上下靈氛既告余以吉占兮歷吉日乎吾將行折瓊枝以為羞兮精瓊爢以為粻

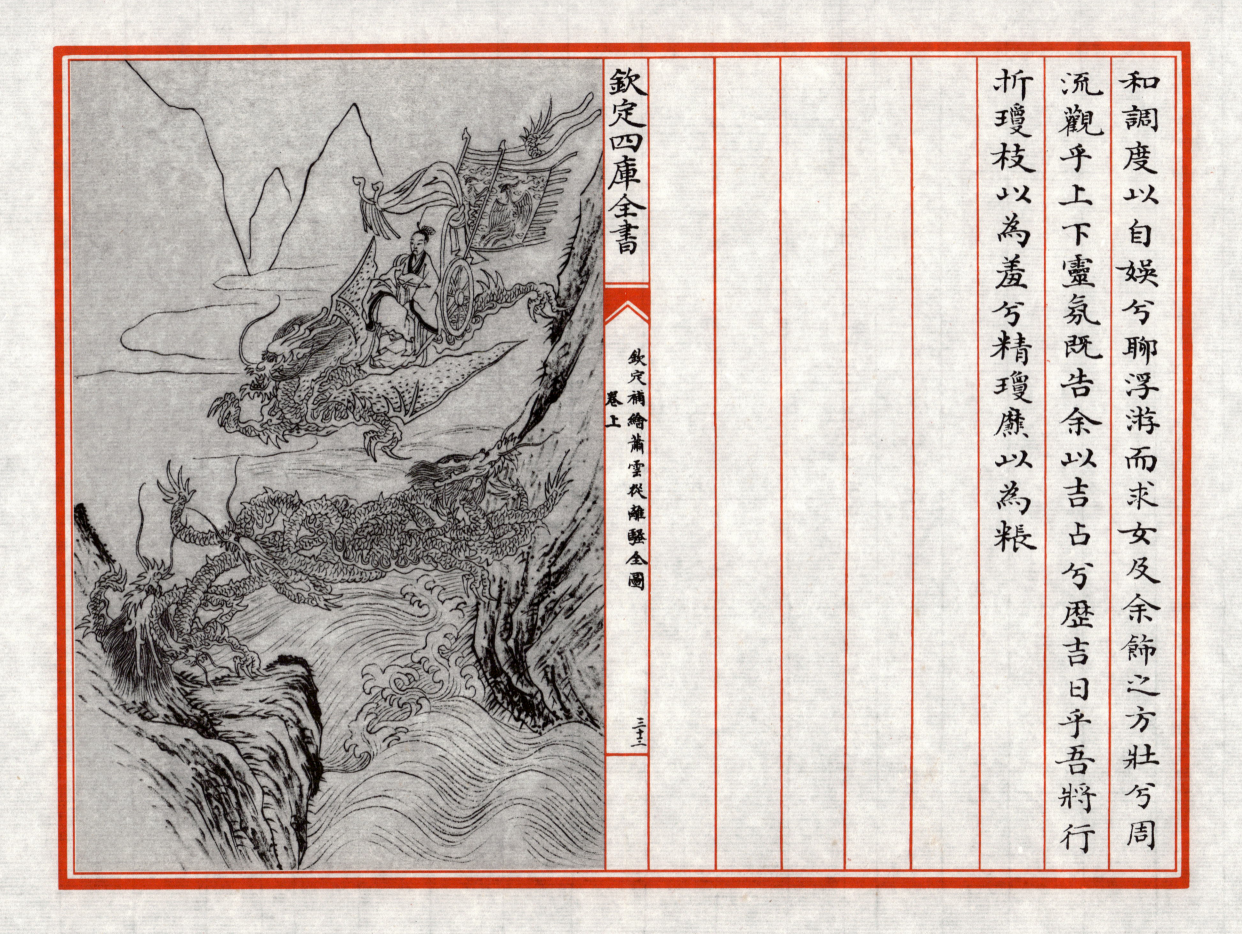

為余駕飛龍兮雜瑤象以為車何離心之可同兮吾將遠逝以自疏邅吾道夫昆侖兮路脩遠以周流揚雲蜺之晻藹兮鳴玉鸞之啾啾朝發軔于天津兮夕余至乎西極鳳皇翼其承旂兮高翺翔之翼翼忽吾行此流沙兮遵赤水而容與麾蛟龍使梁津兮詔西皇使涉余路脩遠以多艱兮騰衆車使徑待路不周以左轉兮指西海以為期

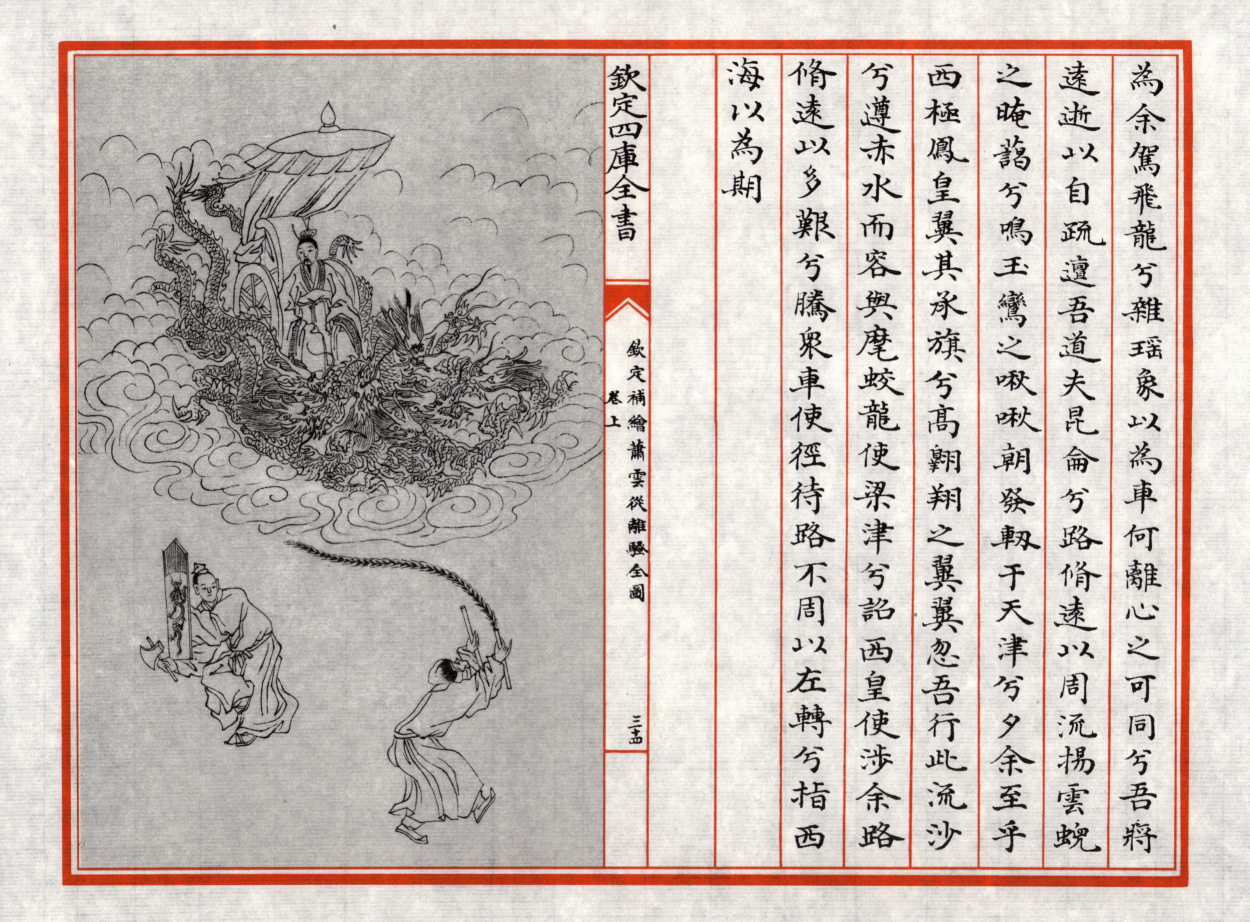

屯余車其千乘兮齊玉軑而並馳駕八龍之婉婉兮載雲旗之委移抑志而弭節兮神高馳之邈邈奏九歌而舞韶兮聊假日以媮樂

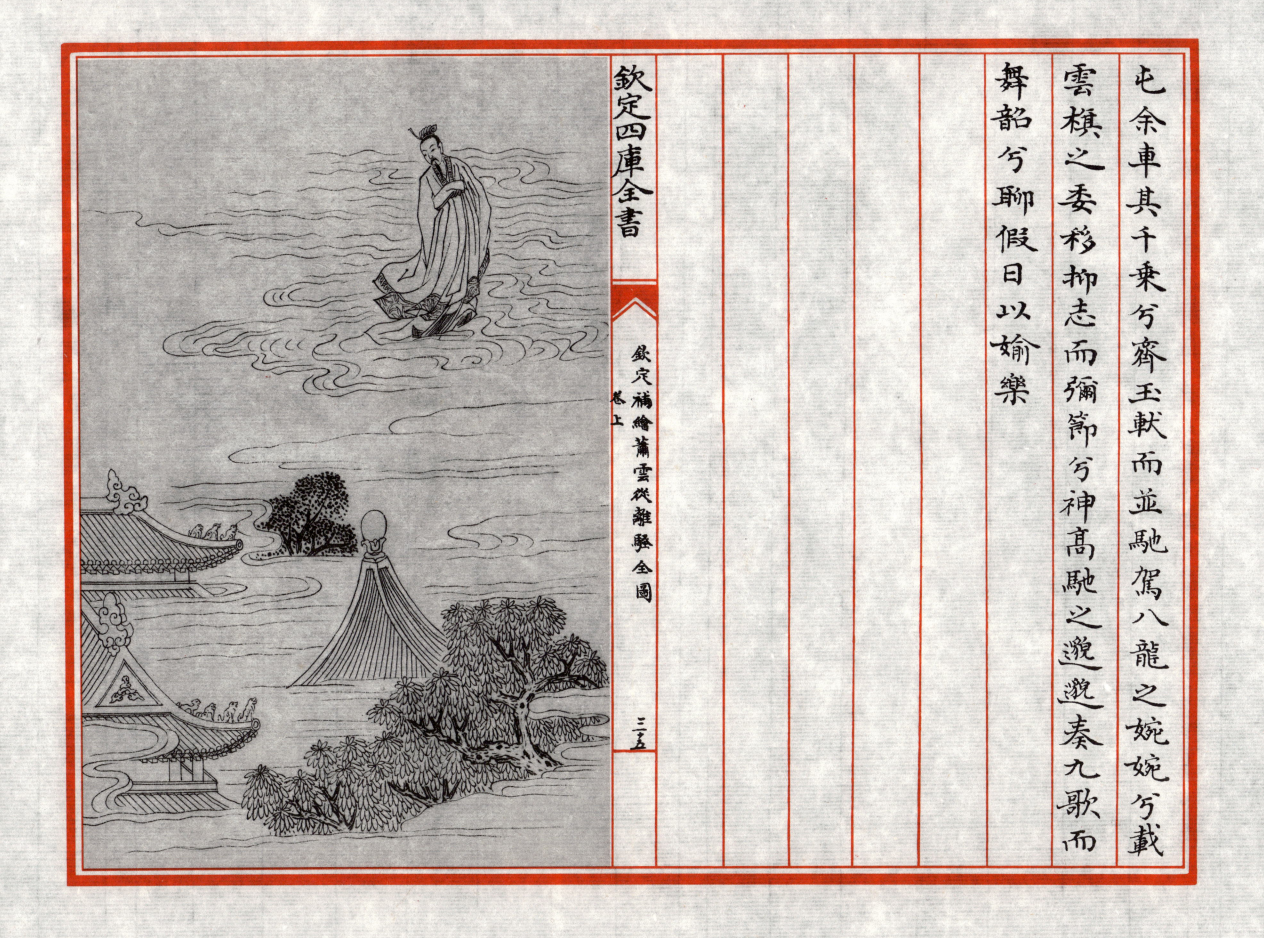

升皇之赫戲兮忽臨睨夫舊鄉僕夫悲余馬懷兮蜷局顧而不行亂曰已矣哉國無人兮莫我知兮又何懷乎故都既莫足與為美政兮吾將從彭咸之所居

九歌

九歌者屈原之所作也昔楚南郢之邑沅湘之間其俗信鬼而好祀其祠必作樂鼓舞以樂諸神屈原放逐竄伏其域懷憂苦毒愁思怫鬱出見俗人祭祀之禮歌舞之樂其詞鄙陋因為作九歌之曲上陳事神之敬下以見己之寃結託之以風諫故其文義不同章句雜錯而廣異義焉

吉日兮辰良穆將愉兮上皇撫劍兮玉珥璆鏘鳴兮琳
琅瑶席兮玉瑱盍將把兮瓊芳蕙肴蒸兮蘭藉奠桂酒
兮椒漿揚枹兮拊鼓疏緩節兮安歌陳竽瑟兮浩倡靈
偃蹇兮姣服芳菲菲兮滿堂五音紛兮繁會君欣欣兮
樂康

東皇太一

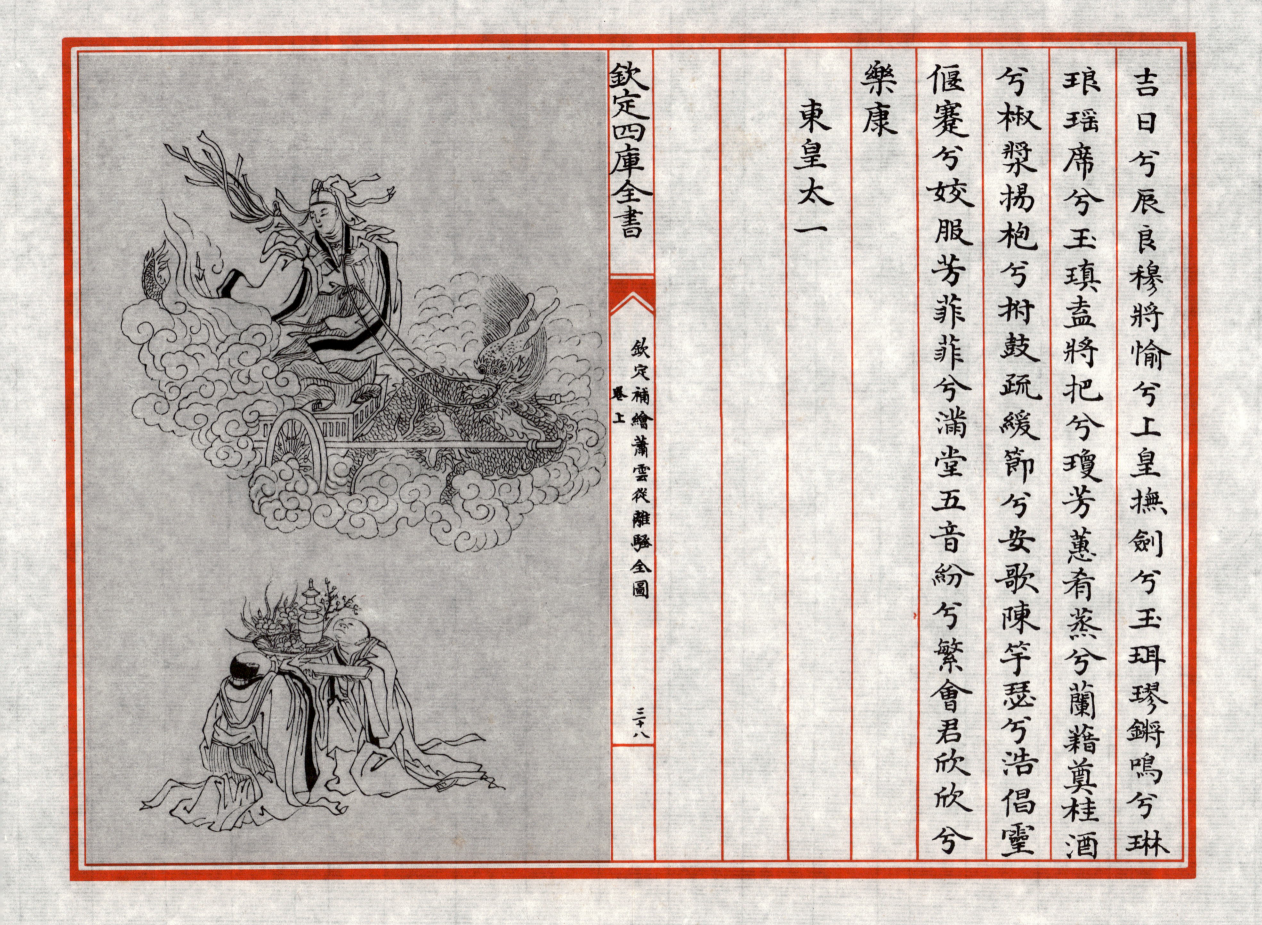

浴蘭湯兮沐芳華采衣兮若英靈連蜷兮既留爛昭昭兮未央蹇將憺兮壽宮與日月兮齊光龍駕兮帝服聊翺遊兮周章靈皇皇兮既降猋遠舉兮雲中覽冀州兮有餘橫四海兮焉窮思夫君兮太息極勞心兮忡忡

雲中君

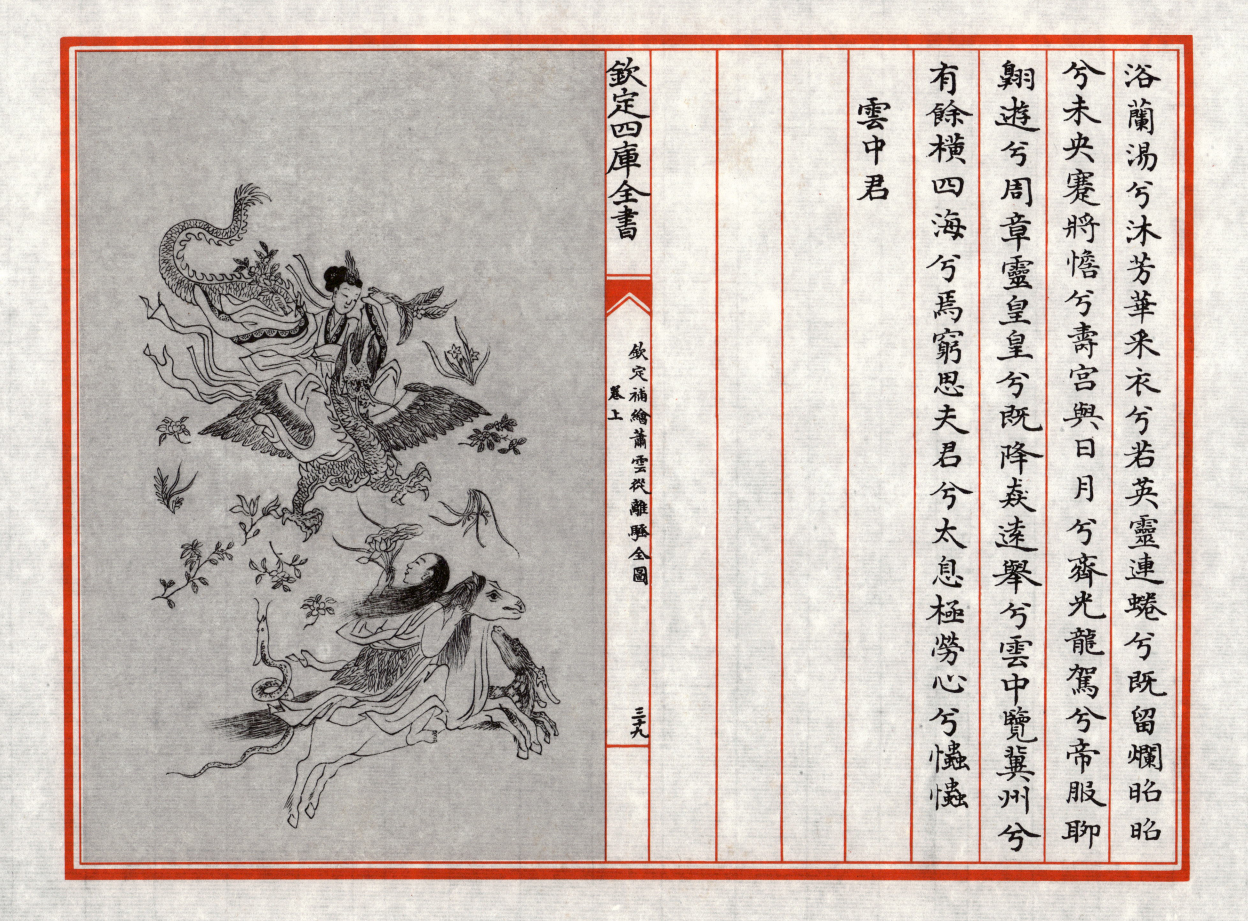

君不行兮夷猶蹇誰留兮中洲美要眇兮宜脩沛吾乘兮桂舟令沅湘兮無波使江水兮安流望夫君兮未來吹參差兮誰思駕飛龍兮北征邅吾道兮洞庭薜荔柏兮蕙綢蓀橈兮蘭旌望涔陽兮極浦横大江兮揚靈揚靈兮未極女嬋媛兮為余太息横流涕兮潺湲隱思君兮陫側桂櫂兮蘭枻斲冰兮積雪采薜荔兮水中搴芙蓉兮木末心不同兮媒勞恩不甚兮輕絶石瀨兮淺淺飛龍兮翩翩交不忠兮怨長期不信兮告余以不閒鼂騁騖兮江皋夕弭節兮北渚鳥次兮屋上水周兮堂下捐余玦兮江中遺余佩兮澧浦采芳洲兮杜若將以遺兮下女旹不可兮再得聊逍遥兮容與

湘君

帝子降兮北渚目眇眇兮愁余嫋嫋兮秋風洞庭波兮木葉下登白薠兮騁望與佳期兮夕張鳥何萃兮蘋中罾何為兮木上沅有芷兮澧有蘭思公子兮未敢言荒忽兮遠望觀流水兮潺湲麋何食兮庭中蛟何為兮水

裔朝馳余馬兮江臯夕濟兮西澨聞佳人兮召予將騰駕兮偕逝築室兮水中葺之兮荷蓋蓀壁兮紫壇播芳椒兮盈堂桂棟兮蘭橑辛夷楣兮葯房罔薜荔兮為帷擗蕙櫋兮既張白玉兮為鎮疏石蘭兮為芳芷葺兮荷屋繚之兮杜衡合百草兮實庭建芳馨兮廡門九疑繽兮並迎靈之來兮如雲捐余袂兮江中遺余褋兮醴浦搴汀洲兮杜若將以遺兮遠者時不可兮驟得聊逍遥兮容與

湘夫人

廣開兮天門紛吾乘兮玄雲令飄風兮先驅使涷雨兮灑塵君回翔兮以下踰空桑兮從女紛總總兮九州何壽夭兮在予高飛兮安翔乘清氣兮御陰陽吾與君兮齋速道帝之兮九阬靈衣兮披披玉佩兮陸離壹陰兮壹陽衆莫知兮余所為折疏麻兮瑶華將以遺兮離居老冉冉兮既極不寖近兮踰疏乘龍兮轔轔高駝兮冲天結桂枝兮延竚羌踰思兮愁人愁人兮柰何願若今兮無虧固人命兮有當孰離合兮可為

大司命

秋蘭兮蘪蕪羅生兮堂下綠葉兮素枝芳菲菲兮襲予夫人兮自有美子荃何以兮愁苦秋蘭兮青青綠葉兮紫莖滿堂兮美人忽獨與余兮目成入不言兮出不辭乘回風兮載雲旗悲莫悲兮生別離樂莫樂兮新相知荷衣兮蕙帶儵而來兮忽而逝夕宿兮帝郊君誰須兮雲之際與女沐兮咸池晞女髮兮陽之阿望美人兮未來臨風怳兮浩歌孔蓋兮翠旌登九天兮撫彗星竦長

劍兮擁幼艾荃獨宜兮為民正

少司命

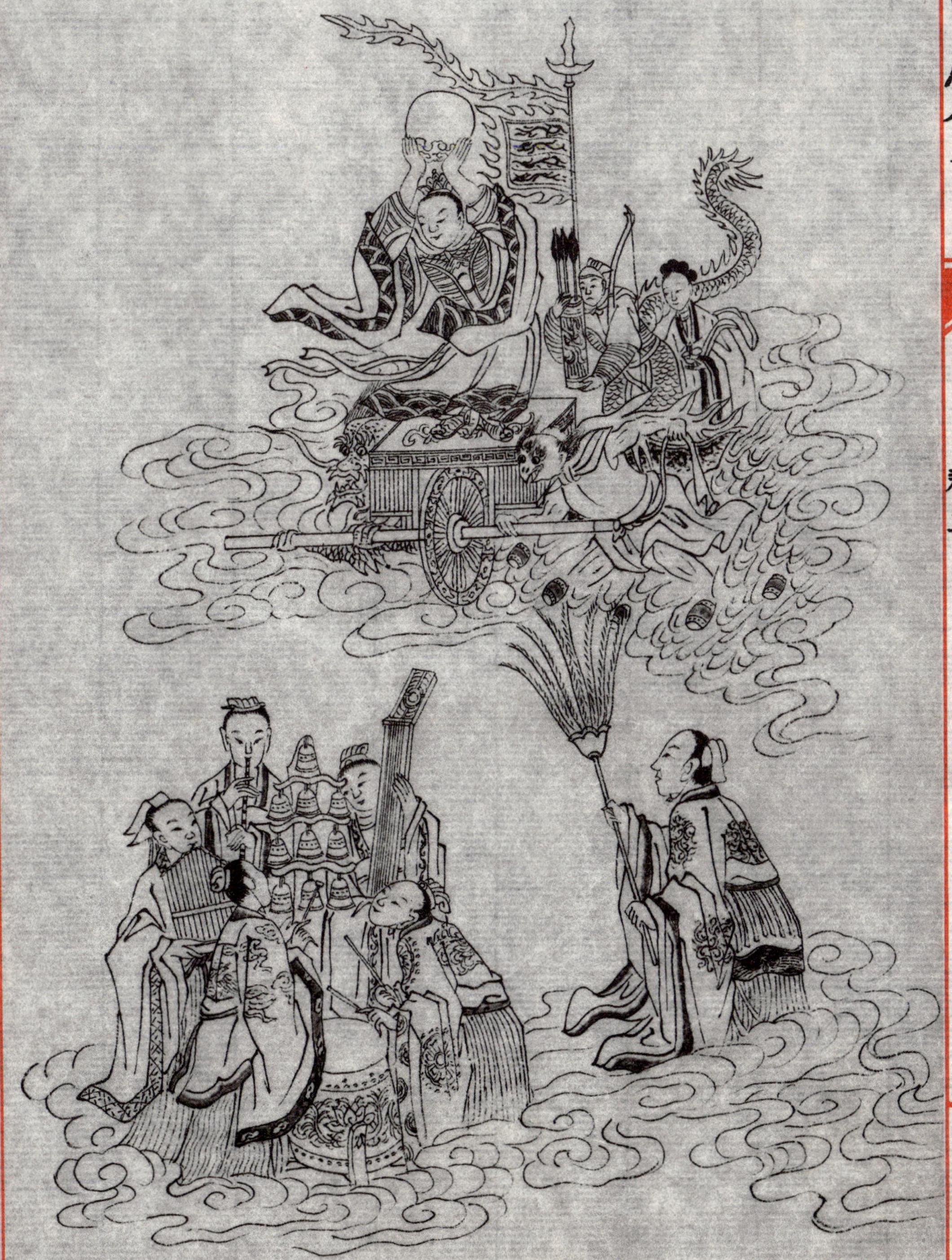

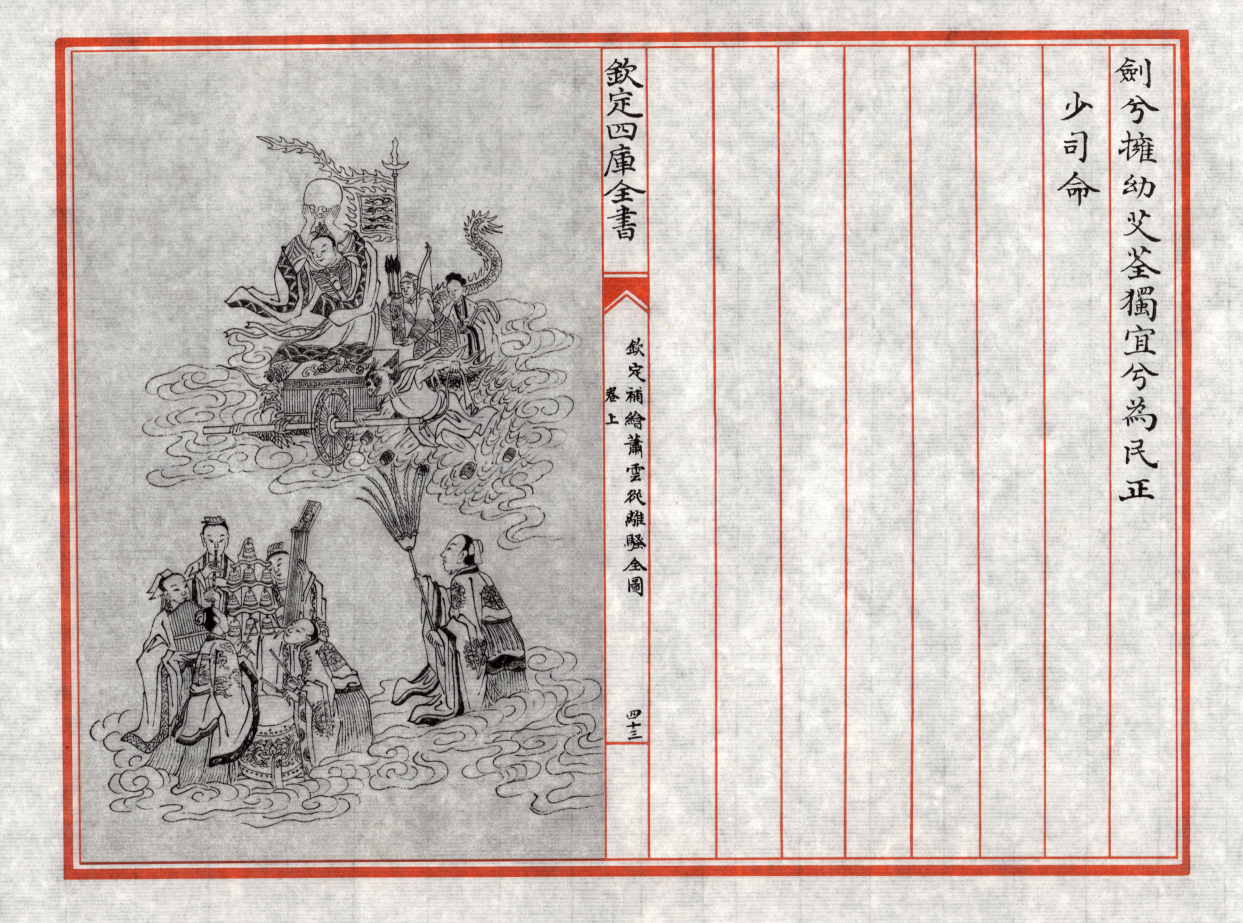

暾將出兮東方照吾檻兮扶桑撫余馬兮安驅夜皎皎兮既明駕龍輈兮乘雷載雲旗兮委蛇長太息兮將上心低佪兮顧懷羌聲色兮娛人觀者憺兮忘歸緪瑟兮交鼓簫鐘兮瑤簴鳴䶵兮吹竽思靈保兮賢姱翾飛兮翠曾展詩兮會舞應律兮合節靈之來兮蔽日青雲衣兮白霓裳舉長矢兮射天狼操余弧兮反淪降援北斗兮酌桂漿撰余轡兮高馳翔杳冥冥兮以東行

東君

與女遊兮九河衝風起兮水橫波乘水車兮荷蓋駕兩龍兮驂螭登崑崙兮四望心飛揚兮浩蕩日將暮兮悵忘歸惟極浦兮寤懷魚鱗屋兮龍堂紫貝闕兮朱宮靈何為兮水中乘白黿兮逐文魚與女遊兮河之渚流澌紛兮將來下子交手兮東行送美人兮南浦波滔滔兮來迎魚鄰鄰兮媵予

河伯

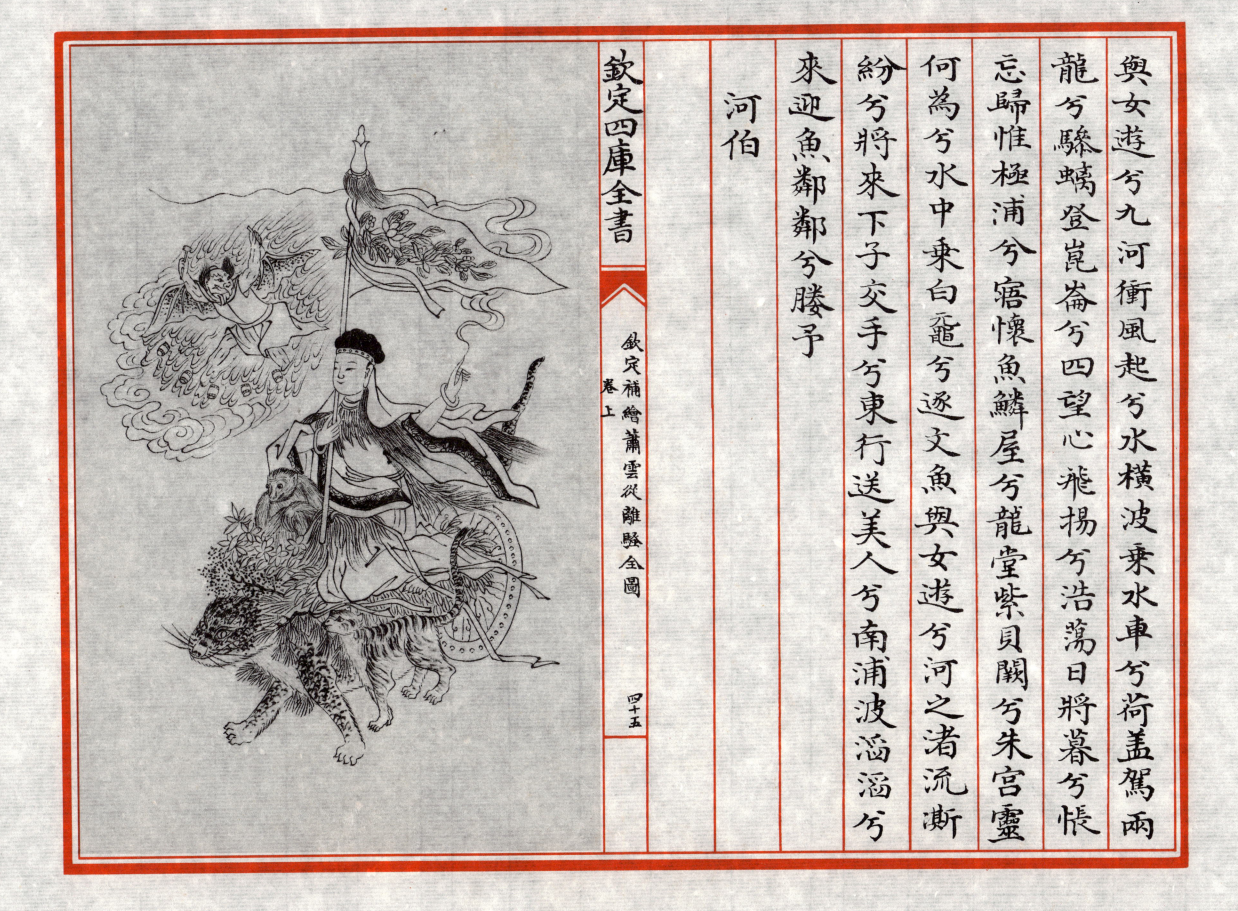

若有人兮山之阿被薜荔兮帶女蘿既含睇兮又宜笑子慕予兮善窈窕乘赤豹兮從文貍辛夷車兮結桂旗被石蘭兮帶杜蘅折芳馨兮遺所思余處幽篁兮終不見天路險難兮獨後來表獨立兮山之上雲容容兮而在下杳冥冥兮羌晝晦東風飄兮神靈雨留靈脩兮憺忘歸歲既晏兮孰華予采三秀兮於山間石磊磊兮葛蔓蔓怨公子兮悵忘歸君思我兮不得閒山中人兮芳杜若飲石泉兮蔭松柏君思我兮然疑作靁填填兮

雨冥冥猨啾啾兮狖夜鳴風颯颯兮木蕭蕭思公子兮徒離憂

山鬼

操吳戈兮被犀甲車錯轂兮短兵接旌蔽日兮敵若雲
矢交墜兮士爭先陵予陣兮躐予行左驂殪兮右刃傷
霾兩輪兮縶四馬援玉枹兮擊鳴鼓天時懟兮威靈怒
嚴殺盡兮棄原野出不入兮往不反平原忽兮路超遠
帶長劍兮挾秦弓首雖離兮心不懲誠既勇兮又以武終
剛强兮不可陵身既死兮神以靈魂魄毅兮為鬼雄

國殤

盛禮兮會鼓傳芭兮代舞姱女倡兮容與春蘭兮秋菊

長無絕兮終古

禮魂

總校官候補中允臣王燕緒

校對官學録臣常循

謄録監生臣黄璵